Ungerecht

von Drea Summer

AF188679

dreasummerautor@gmail.com
Facebook: Autorindrea
Instagram: dreasummer1978
www.dreasummer.com

2. Auflage, 2021
© Alle Rechte vorbehalten.
Herstellung und Verlag: BoD – Books on Demand, Norderstedt

ISBN: 9783749429387

Lektorat/Korrektorat: Lektorat TextFlow by Sascha Rimpl
Covergestaltung © Traumstoff Buchdesign traumstoff.at
Covermotive © All about Space shutterstock.com

Ungerecht

Was würdest du tun, wenn man dir das Wichtigste nimmt?

In einem ruhigen Vorort von Graz bricht Christian Schmitz am frühen Morgen in die Villa des schwerreichen Verlegers Harald Moser ein. Er fesselt den überraschten Mann.
Im Laufe des Vormittags lockt Christian einige Personen aus Mosers näherem Umfeld unter einem Vorwand in das Haus. Er überwältigt sie alle, und ein schreckliches Spiel beginnt, in dem Christian immer tiefer in einen Strudel aus Gewalt und Blutdurst hineingezogen wird.

Was geschah in den letzten zwölf Monaten? Und was bringt einen Mann dazu, sich in einen brutalen Folterknecht zu verwandeln?

Bibliografische Information der Deutschen Nationalbibliothek. Die Deutsche Nationalbibliothek verzeichnet diese Publikation in der Deutschen Nationalbibliografie; detaillierte bibliografische Daten sind im Internet über http://dnb.dnb.de abrufbar.

© 2019, Drea Summer

Herstellung und Verlag:
BoD – Books on Demand, Norderstedt

ISBN: 9783749429387

1

Heute, morgens

Christian schnaufte schwer und blieb stehen.
Trotz des Pfeifens, das aus seinem Mund huschte,
hörte er das Rascheln der Bäume. Wieder
segelten die Blätter auf den Boden, als ein eisiger
Windhauch seine Haut berührte. Ein dicker
Laubteppich bedeckte die Erde. Grau in grau,
keine Farbe zu sehen. Es war fast so, als würde
Christian in sein Innerstes blicken.

Der Mond schien hell, und die Bäume in dem
kleinen Wald standen in weitem Abstand
zueinander, sodass sie das Licht durchließen und
er keine Taschenlampe einschalten musste. Die
erste Hürde hatte er bereits Minuten zuvor
hinter sich gelassen. Es war nicht einfach für ihn
gewesen, über die knapp zwei Meter hohe Mauer
zu klettern. Mit Sport hatte er sich noch nie
anfreunden können. Viel lieber lag er vor dem
Fernseher und schaute auf Netflix eine Serie
nach der anderen, natürlich mit einer Tüte Chips
an seiner Seite.

Er beugte sich vornüber und stemmte die
Hände auf seine Oberschenkel. Sein Rucksack
rutschte ihm in den Nacken. Nach dem dritten

tiefen Ein- und Ausatmen bekam er wieder genug Luft, um sein Vorhaben weiter auszuführen. Das Ende des Wäldchens war bereits in Sichtweite. Er rannte zu einem Baum am Waldrand. Der Stamm war dick genug, um sich dahinter zu verstecken.

Sein Blick schweifte über die Wiese, die im Mondschein aussah wie ein englischer Rasen, hinüber zu der Villa, die gut fünfzig Meter entfernt war. Das Gebäude erweckte mit seinen vielen Fenstern auf den ersten Blick den Eindruck eines Märchenschlosses. Kleine, eckige Türme an zwei Seiten des Daches reckten sich in die Höhe. Die kunstvoll geschwungene Stuckatur über den Sprossenfenstern hob sich hell von der dunklen Fassade ab. Im Haus selbst sah er kein Licht, somit nahm er an, dass der Bewohner der Villa schlief und Christian freie Bahn hätte. Alles um ihn herum war ruhig.

Kurz – vielleicht waren es Millisekunden – dachte Christian daran, umzudrehen und einfach alles seinem Schicksal zu überlassen. Dem Arm der Gerechtigkeit. Nur dann drängten sich die Bilder von Corinne wieder in seinen Kopf. Das viele Blut, das nun auch an ihm klebte. Die Verantwortung, die wie ein Felsbrocken auf seinen Schultern lastete. Er musste es zu Ende bringen, das war er Corinne schuldig. Er war bereits hier, und nun gab es kein Zurück mehr. Kein Zurück in sein altes Leben. Sein altes Leben war tot. Ausgelöscht. Im Abfluss hinuntergespült. Er schüttelte den Kopf und hoffte, dadurch die Bilder aus seinem Kopf zu bekommen. Doch war das überhaupt möglich? Konnte er diese Bilder jemals wieder vergessen? Je mehr er darüber nachdachte, umso stärker wurde die Wut in ihm. Er ballte seine Hände zu Fäusten und rannte in geduckter Haltung über die Wiese zur Villa. Wie ein Schatten bewegte er sich über die weitläufige Terrasse. Das Wasser im Pool schimmerte im Mondschein.

An der Rückseite des Gebäudes angekommen drückte er sich gegen die Wand und atmete tief durch. Ein brennender Schmerz durchfuhr seinen Brustkorb und raubte ihm die Luft. *Habe ich gar keine Kondition mehr? Das kann doch wohl nicht wahr sein.* Er legte die Hand auf die linke Seite seines Oberkörpers und spürte sein Herz, das wie wild gegen die Rippen donnerte. Vielleicht war es auch zu viel Adrenalin, das sich in den letzten beiden Stunden in ihm aufgebaut hatte, und sein Körper reagierte deswegen so stark.

Mit einem Schlag wurde es dunkel. Er schaute zum Himmel und sah eine Wolke, die sich vor den

Mond schob. Schnell zückte er sein Telefon, schaltete die Taschenlampe ein und schlich sich zur großen Hintertür. Es war nicht schwer, sich mittels eines Dietrichs Zutritt zu verschaffen. Das Schloss ließ sich problemlos aufbrechen. Er öffnete die schwere Holztür und betrat den Vorraum. Ein kühler, fast schon eisiger Hauch empfing ihn. Obwohl es erst Oktober war, sanken die Nachttemperaturen bereits in den einstelligen Bereich, aber in einem Haus sollte es eigentlich wärmer sein. Sein Körper reagierte sofort, und es rauften sich die Haare an seinen Armen um einen Stehplatz.

Christian machte einige Schritte und blickte in das erste Zimmer, das vom Vorraum abging. Die zweiflügelige Tür stand offen, und er sah einen riesigen Flachbildfernseher an der Wand hängen. Das Mondlicht schien wieder hell durch die vielen Fenster in den Raum herein. Die Wolke hatte sich offenbar verzogen. Christian blickte sich um. Die Ledercouch, die in der Mitte stand, nahm das halbe Wohnzimmer in Beschlag. Auf der linken Seite, dem Fernseher zugewandt, stand ein Sessel, der vom Aussehen her eher einem goldenen Thron ähnelte.

Ein lautes Sägen zerriss die Stille, und Christian horchte auf. Der Krach kam aus einer der oberen Etagen. Er schlich sich zum Treppenaufgang und lauschte. Stille.

Und dann setzte es wieder ein. Ein lautes Schnarchen. Christian tapste auf Zehenspitzen die Stufen in den ersten Stock und folgte dem Geräusch, das immer lauter wurde, je näher er kam.

Jetzt habe ich dich gleich, du Arschloch. Gleich wirst du dafür büßen, was du mir angetan hast.

Nach wenigen Momenten erreichte er das richtige Zimmer. Die Tür war geschlossen, und er griff mit der rechten Hand an die Klinke. Nervös fuhr er sich durch sein schwarzes, kurzes Haar. Jemand schrie in seinem Kopf: *Nein, mach das nicht! Noch ist es nicht zu spät umzukehren. Du wirst in der Hölle schmoren, wenn du deinen Plan durchziehst!*

Christian hielt einen Augenblick inne. Er spürte den Teufel, der ihm Anweisungen ins Ohr flüsterte, höchstpersönlich auf seiner rechten Schulter sitzen. Seine Hand begann zu zittern.

Ich bin bereits in der Hölle.

2

Drei Wochen zuvor

»Hallo? Liebling? Was ist denn passiert?«, fragte Christian ins Telefon. Seine Schicht hatte gerade erst begonnen. Er hatte sich alles bereitgelegt und sich auf eine ruhige Nacht gefreut. Nur die Rundgänge auf dem Gelände des Unterpremstätter Schotterwerkes würden ihn dazu bringen, seinen Posten zu verlassen. Der Thriller, den er sich heute Mittag in der Buchhandlung geholt hatte, lag auf dem Tisch vor den unzähligen Monitoren. Er hörte am anderen Ende der Leitung nur ein Schniefen, gefolgt von einem lauten Schluchzen. »Jetzt sag, was ist los?!« Christian stand von seinem Stuhl auf und stapfte ungeduldig im Raum auf und ab, während er auf die Antwort wartete. *Was ist denn bloß wieder los? Hatte sie einen Albtraum? Oder war der Nachbarshund zu laut?* Ein wenig genervt und mit lauterer Stimme fragte er wieder: »Corinne? Was ist los? Sprich endlich!«

Ein Räuspern folgte, bevor sie ins Telefon flüsterte: »Er ist frei.« Das waren die einzigen Worte, die sie herausbrachte, bevor sie in einen Heulkrampf ausbrach. Christian konnte ihre

Worte nicht fassen. *Wie soll das nur gehen? Wieso wurde er nicht verurteilt? Wieso haben sie ihn freigesprochen?*

Noch während er über die Antworten nachdachte, flüsterte Corinne: »Er ... er hat mich angezeigt.«

»Bitte, was?«, brüllte er ins Telefon, was er augenblicklich bereute, denn das Schluchzen am anderen Ende der Leitung verstärkte sich sofort. Es dauerte Minuten, bis sie ihm wieder antworten konnte. Minuten, die ihm vorkamen wie Stunden. Das Kopfkino schaltete sich in diesem Moment ein, und Tausende Fragen zermarterten seinen Verstand. So viel Ungerechtigkeit in einem Land wie Österreich konnte es doch gar nicht geben. War dieses System wirklich so aufgebaut, dass es nur denjenigen schützte, der sich den besseren Anwalt leisten konnte? Der mehr Geld zur Verfügung hatte? Das war doch alles nur ein Traum, und er würde gleich aufwachen, und der Scheißkerl säße hinter Gittern.

»Er hat mich angezeigt wegen falscher Verdächtigung und Rufmord.« Corinne hatte Mühe zu sprechen, und nur stockend kamen ihr die Worte über die Lippen.

Christian ließ sich auf den Stuhl fallen. Seine

Knie hatten schlagartig nachgegeben. Er beugte sich vornüber und ließ das Handy von seinem Ohr sinken. Er wusste im ersten Moment nicht, wie er darauf reagieren sollte.

Wie kann das möglich sein? Wie kann ein Opfer zum Täter werden? Der Anwalt hat ja gesagt, es wird schwer, gegen ihn anzukommen. Dieser Mistkerl hat eine knallharte Anwältin im Gepäck, die über Leichen geht. Klar, er hat ja auch genug Geld. Und was haben wir? Wir haben gerade genug, um uns über Wasser zu halten. Und seitdem Corinne nicht mehr arbeiten kann, ist das Geld noch knapper als zuvor.

Christian schluckte den Kloß, der sich in seinem Hals gebildet hatte, hinunter. »Angezeigt? Dieses Arschloch hat dich angezeigt? Bei allem, was er dir angetan hat, ist er zur Polizei gerannt? Sag mal, ist der nicht ganz dicht?!«

Es wurde still in der Leitung. Er hörte nur Corinnes Atem, der schnell und unregelmäßig ging. »Mama hat heute den Brief entgegengenommen. Du hast ja geschlafen am Vormittag, und ich … ich …«, sagte sie, und die Worte erstarben mitten im Satz.

»Ja, ist schon gut, mein Schatz. Du kannst im Moment einfach nicht. Wie geht es jetzt weiter?

Was sollen wir bloß tun? Wir können nicht noch mehr Geld für den Anwalt ausgeben.« Seine Hände zitterten, und der Wunsch, endlich aufzuwachen, war groß. Er fühlte sich, als wäre er der Protagonist in einem Psychothriller. Er wusste, dies war erst der Anfang des abscheulichen Spiels, das dieser arrogante, aufgeblasene Arsch mit ihnen beiden spielte. Geld regierte die Welt.

»Ich hätte meinen Mund halten und niemandem etwas davon erzählen sollen«, meinte Corinne. »Dann wäre das alles nicht passiert.«

»Nein! Das wäre falsch gewesen. Du hast richtig gehandelt. Der Scheißkerl gehört hinter Schloss und Riegel. Wir haben zu sehr auf die Gerechtigkeit der österreichischen Justiz vertraut. Viel zu sehr. Es gibt keine Gerechtigkeit in diesem Land. Ich werde das regeln, okay?« Christian hörte seine eigenen Worte. Bisher hatte er immer alles regeln können. Klar, er war der Mann im Haus. Er musste seine Familie beschützen. Er musste *das* tun, was ein Mann tun musste.

Alles hatte so schön begonnen vor knapp fünf Jahren, als er und Corinne sich kennengelernt hatten. Er hatte sie im Supermarkt über den Haufen gerannt und als Entschuldigung zu einem Kaffee eingeladen. Dieses schüchterne Wesen, das ihm gegenübergesessen hatte, eroberte sofort sein Herz, und er war unsterblich in sie verliebt, von der ersten Sekunde an. Obwohl er fast acht Jahre älter war als sie, verliebte auch sie sich in ihn.

Ich werde das regeln, schoss es ihm wieder durch den Kopf wie ein Pfeil, der sein Ziel verfehlt hatte und nun unkontrolliert herumflog.

»Ich liebe dich«, flüsterte er in die Stille des Telefons. Er beendete das Gespräch und schrieb seiner Schwiegermutter eine Nachricht.

Liebe Klara,
bitte schau zu Corinne hoch. Ihr geht es nicht gut.
Und bitte lass sie nicht aus den Augen.
Kuss, Christian

Dann legte er das Telefon zur Seite und vergrub sein Gesicht in den Händen. Er hatte alles um sich herum vergessen. Nur der eine Satz brannte sich in sein Hirn und zwang seine Gedanken in einen Käfig.

Ich werde das regeln.

3

Drei Wochen zuvor

»Ich gratuliere Ihnen herzlich zu Ihrem Sieg«, sagte Christine Fleur. Harald Moser hielt ihre Hand länger fest, als es eigentlich sein musste. Christine versuchte, ihre Hand aus seiner zu ziehen, doch es gelang ihr nicht. Ein Gefühl des Unbehagens überkam sie.

Sie schaute ihrem Mandanten in die Augen, und Moser grinste. *Boah, welch ein widerlicher, alter Sack.* Allein sein süffisantes Lächeln verfolgte sie bis in ihre Träume. Und sein heutiges Erscheinungsbild würde noch einige Zeit in ihrem Gedächtnis verweilen – dieser Hemdknopf in der Höhe seines Bauchnabels war selbstmordgefährdet, und es war nur mehr eine Frage der Zeit, wann er sich aufgrund der hohen Spannung des Hemdes lösen und ein weiteres Stück nackte Haut preisgeben würde. *Schon die ganze Zeit, während des Prozesses, hat er mir ständig Avancen gemacht. Wie werde ich den jetzt wieder los? Ich mache nur meinen Job. Nicht mehr und nicht weniger.*

»Herr Moser? Würden Sie bitte meine Hand wieder loslassen?«, sagte sie mit Nachdruck in ihrer Stimme.

Er lockerte seine Finger, beugte sich hinunter und presste seine wulstigen Lippen auf ihren Handrücken. Sie spürte, wie ihr die Magensäure in die Speiseröhre stieg. Er war ein Mann, der genau wusste, was er wollte. Mit über fünfzig Jahren Lebenserfahrung, die er vorzuweisen hatte, hätte sich Christine mehr Weisheit als Geilheit von ihrem Mandanten gewünscht. Aber es war die Welt, in der sie zu Hause war. Und dieser Fall war kinderleicht zu gewinnen gewesen. Die DNA-Spuren waren nicht von ihrem Mandanten, die Anzeige kam erst zwei Tage nach dem angeblichen Übergriff. Und ihr besonderes Ass im Ärmel: die Beförderung der Kollegin, die noch nicht so lange in der Redaktion ihres Mandanten beschäftigt war. Perfekte Sache. Die Variante mit dem Racheakt der Klägerin war natürlich das Tüpfelchen auf dem I. Die Richterin hatte ihr geglaubt, oder wie man es auch immer nennen mochte. Schließlich hatte Christine alles darangesetzt, diesen Fall zu gewinnen, und nichts dem Zufall überlassen.

»Gehen Sie mit mir heute Abend essen, Frau Fleur? Oder darf ich Sie Christine nennen? Ich meine, zur Feier des Tages. Ich kenne da ein Spitzenrestaurant ganz …«

»Nein, danke. Heute Abend habe ich leider schon etwas vor, Herr Moser.« Christine dachte an ihren Lieblingssessel, in dem sie nach der Arbeit gerne saß und ein gutes Buch las. Der Duft von Pfefferminztee, den sie dazu trank, war sofort in ihrer Nase präsent und ließ sie in eine angenehme Stimmung fallen.

»Oder an einem anderen Tag, der in ihren Terminkalender passt«, sagte Moser und trat ein Stück näher an sie heran.

Sie wich zurück, um den notwendigen Abstand wiederherzustellen. »Sieht sehr schlecht aus im Moment. Mein Terminkalender ist voll. Vielleicht passt es mal zu einem späteren Zeitpunkt. Ja, Herr Moser?« Christine schnappte sich ihre schwarze Aktentasche, die perfekt auf ihr heutiges schwarz-rotes Kostüm abgestimmt war. Den Umschlag, den ihr Moser gegeben hatte, ließ sie darin verschwinden. Sie war gerade im Begriff, aus dem Büro zu gehen, da hielt er sie an ihrem Unterarm fest. Ihr Herzschlag verdoppelte sich von einer Sekunde auf die andere und hämmerte gegen ihren Brustkorb. Sie setzte ihr Pokerface auf. Trotzdem hatte sie Mühe, sich nichts anmerken zu lassen, und schob ihre schwarze Brille ein Stückchen höher auf die Nase. »Ja? Was ist denn noch, Herr Moser?«

»Sie sind so eine wunderschöne Frau. Sie verwehren mir, Sie kennenzulernen. Warum sind Sie nur so unnahbar? Ist das Ihre Masche, damit die Männer mehr Interesse an Ihnen haben?«

»Ich habe viele Termine. Für ein Privatleben bleibt mir nur wenig Zeit. Das müssten doch gerade Sie, Herr Moser, am besten wissen. Schließlich leiten Sie einen renommierten Verlag.«

Ihre Worte hatten offensichtlich Eindruck bei ihm hinterlassen. Er ließ ihre Hand los. Obwohl ihr Instinkt sie zur Flucht aufrief, ging sie langsam und mit hocherhobenem Kopf zur Tür hinaus. Erst als sie aus seiner Sichtweite war, rannte sie zum Lift, der genau in diesem Moment seine Türen öffnete.

Eine Frau mit knallroten, schulterlangen Haaren, etwas älter als sie selbst, stieg aus dem Aufzug aus. Sie hatte ihre rosa Bluse locker oberhalb des Bauchnabels zusammengeknotet. Es musste sich wohl um eine Reporterin handeln, die hier arbeitete. Sie grüßte freundlich, und Christine hielt die Luft an, bis sich die Türen wieder schlossen. Dann atmete sie erleichtert aus. Ihr Kopf sackte ein klein wenig nach vorne, und ihre blonden Haare verdeckten ihr Gesicht. Sie ließ die Aktentasche, die sie Sekunden zuvor noch fest umklammert gehalten hatte, sinken. Erst jetzt merkte sie, dass sie am ganzen Körper zitterte.

Der Lift gab einen Ton von sich, als er in der untersten Etage ankam. Christine stellte sich aufrecht hin, wischte ihre Haare aus dem Gesicht und zog ihre Schultern zurück. Sie verließ das Gebäude und stöckelte ihrem Auto entgegen.

Ihr Handy klingelte. Sie blieb stehen und kramte in ihrer Tasche. Das Klingeln war bereits verstummt, als sie ihr Telefon fand. *›1 versäumter Anruf von Kirsten‹* stand auf dem Display. *Die nervt auch, dieses geldgierige Weib,* dachte sie sich und rief zurück. Allerdings ging nach dem dritten Läuten nur die Mailbox dran.

Das gibt es doch nicht. Sie hat mich vor nicht mal einer Minute angerufen. Was hat sie mit dem Handy gemacht? Weggeschmissen? So was werde ich nie verstehen.

Sie wählte eine andere Nummer aus ihrem Telefonspeicher. Eine freundliche weibliche Stimme meldete sich: »Bezirksgericht Graz-Ost. Vermittlung. Was kann ich für Sie tun?«

»Richterin Kirsten Klauß, bitte.«

»Die Richterin telefoniert gerade. Soll ich ihr etwas ausrichten?«

»Nein, ich versuche es später nochmals.«

Christine beendete das Gespräch. Sie war bereits bei den Stufen angekommen, die in die Tiefgarage führten. Gleich würde sie in ihrem Auto sitzen und mit jedem Meter, den sie dann fuhr, der ersehnten Ruhe näher kommen.

4

Vor einem Jahr

»Der Chef ist heute mal wieder besonders gut gelaunt, was?«, sagte Corinne und beugte sich zu Susi, die ihren Arbeitsplatz neben ihrem hatte.

Susi sah auf und deutete mit dem Kopf Richtung Ausgang. »Pause? Ich kann mir das Geschrei heute wirklich nicht mehr anhören. Die arme Irina. Er hat sie heute schon wieder über. Letztes Mal war es so krass, dass sie aufsprang und weinend aus der Redaktion gerannt ist. Also, ehrlich, wenn ich einen anderen Job finde, dann bin ich hier weg. Weg von diesem Irrenhaus und diesem Choleriker.« Susi loggte sich aus ihrem Computer aus und stand auf. Ihre knallroten Haare hatte sie zu einem Zopf zusammengebunden, der bei jeder Bewegung hin und her wippte. Heute trug sie ein graues T-Shirt mit Mickey Mouse darauf und eine neongelbe Hose dazu. Corinne bewunderte ihren Kleidungsstil. Selbst traute sie sich solche Kombinationen nicht zu, aber zu Susi passte es.

Corinne stand ebenso auf und folgte ihr. Sie hatte es fast zur Tür hinaus in die Teeküche geschafft, da hörte sie hinter sich ihren Chef brüllen.

»Frau Heimgartner? Wo wollen Sie schon wieder hin? Schon wieder eine Pause? Sie kommen sofort in mein Büro, haben Sie verstanden? Ihr letzter Artikel über die Mode der heutigen Jugend war … ich finde keine Worte dafür, wie einseitig der war. Ich habe Lesermeinungen auf meinem Tisch, die sind alle dafür, dass ich sie entlassen sollte.«

Corinne hatte die Türklinke schon in der Hand. So kurz vor dem Ziel gescheitert. Sie hörte Susis Worte, die sie ihr zuflüsterte: »Oh nein, Liebes! Das tut mir so leid für dich.«

Super, davon habe ich jetzt was, dass es dir leidtut. Nicht schon wieder in sein Büro. Der Typ ist so ekelhaft.

Sie streifte die braun-rötliche Strähne ihres Haares hinter das Ohr und seufzte. Dann schloss sie kurz ihre Augen und atmete tief durch, bevor sie sich umdrehte.

Harald Moser stand in der geöffneten Tür seines Büros. Sein Gesicht war blutrot angelaufen, seine Nasenflügel vibrierten und er schnaubte wie ein wild gewordener Stier. Er hatte nichts mit dem Nikolaus gemeinsam, so zumindest war sein Spitzname anfangs von den Kollegen vergeben worden.

Warum muss er gerade mich heute auf der Schippe haben?

»Ich komme, Herr Moser.« Corinne sprach mit leiser Stimme und beeilte sich, zu ihrem Chef zu gelangen, der bereits in sein Büro stampfte. Die mitleidigen Blicke ihrer Kollegen ließ sie über sich ergehen.

»Tür zu!«, schrie Moser und setzte sich auf seinen überbreiten Chefsessel, der vor einem Echtholzschreibtisch stand.

Corinne erschrak, erholte sich aber im nächsten Moment wieder und schloss die Tür.

»So, Frau Heimgartner. Nun zu Ihnen. Die Qualität Ihrer Artikel hat in letzter Zeit ziemlich nachgelassen. Sie schreiben nicht mehr, wie ich es gerne hätte. Nehmen Sie sich ein Beispiel an Ihrer Kollegin Susanne Barlang. Sie schreibt wunderbare Texte über alles Mögliche. Sie ist nicht so einseitig wie Sie. Bei Ihnen dreht sich alles nur um Mode und Beauty. So was kann ich nicht gebrauchen. Bis Ende dieser Woche haben Sie Zeit, einen vernünftigen Artikel zu verfassen, der die Leser auch interessiert. Ansonsten fliegen Sie raus. Und jetzt verschwinden Sie aus meinem Büro!« Moser nahm seinen abwertenden Blick von ihr und unterstrich seine Worte mit einer wedelnden Handbewegung. Für ihn war dieses

Gespräch beendet.

Corinne spürte, wie der Boden unter ihren Füßen weggezogen wurde. Sie brauchte diesen Job. Jetzt noch dringender als zuvor. Tausende Gedanken schossen ihr durch den Kopf. Wie in Fels gemeißelt stand sie da und wusste nicht, wie sie auf diese Drohung reagieren sollte. Sie starrte ihren Chef an, doch der war schon wieder mit seinem Computer beschäftigt. Es dauerte einige Momente, bis ihr Hirn die Information verarbeitet hatte und sie wieder fähig war, sich zu bewegen. Hastig drehte sie sich um und verschwand durch die Tür in das Großraumbüro. Sie senkte ihren Kopf, denn sie wollte sich den Blicken ihrer Kollegen entziehen. Langsam ging sie zu ihrem Arbeitsplatz und setzte sich wieder vor ihren PC. Die ersten salzigen Tränen rannen ihr bereits über die Wangen. Wie sollte sie das bloß schaffen? Bis Ende der Woche, hatte er gesagt. Aber es war doch *das* Lifestylemagazin in der Steiermark. Hier ging es um Mode und um Beauty. Es hatte doch einen Grund, warum der Verlag »Trend und Schick« hieß. Noch vor Minuten hatte sie gedacht, dass es nichts gab, was sie jetzt noch aus ihrer perfekten Welt stoßen könnte. In ihrem Inneren war das Kartenhaus, das sie und Christian sich mühevoll aufgebaut hatten, mit einem Schlag von einer Abrissbirne in Schutt und Asche gelegt worden.

Susi rutschte mit ihrem Stuhl näher an Corinne heran und flüsterte: »Ich helfe dir, Liebes. Es wird alles wieder gut. Er hat heute nur einen ausgesprochen schlechten Tag. Er hat das sicher nicht so gemeint. Oder ... oder hast du ihm von deiner Neuigkeit bereits erzählt? Und er flippt deswegen so aus?«

»Nein«, stammelte Corinne. »Natürlich habe ich ihm nicht erzählt, dass ich schwanger bin. Wann hätte ich denn die Gelegenheit dazu gehabt?«

Zeitgleich mit dem Ende des Satzes erfüllte Harald Mosers laute Stimme das Büro. Es war binnen Millisekunden alles still. Keiner traute sich, auch nur einen Mucks zu machen.

Die junge Praktikantin, die erst seit einer Woche im Verlag arbeitete, sprang blitzschnell von ihrem Schreibtisch auf und rannte in die Teeküche, um dem Chef seinen angeforderten Kaffee zu bringen. Sie betrat Mosers Büro, nur um es Sekunden später wieder weinend zu verlassen. Auf ihrer weißen Rüschenbluse prangte ein hellbrauner Fleck. Die Kleine würde wohl ihr Praktikum nicht zu Ende machen.

Corinne starrte dem Mädchen entsetzt

hinterher. *Für was für ein erbarmungsloses Ekelpaket arbeite ich bloß?* Wenn Moser damals vor sieben Jahren schon die Leitung des Verlages gehabt hätte, als sie hier angefangen hatte, dann würde sie heute sicher nicht für ihn arbeiten. Bei ihrem Vorstellungsgespräch hatte noch sein Schwiegervater auf dem Chefsessel gesessen. Erst nach dessen Tod vor vier Jahren hatte Harald Moser die Leitung übernommen. Seitdem waren zwar die Umsatzzahlen weit nach oben gestiegen, allerdings blieb der Mensch auf der Strecke.

»Er ist und bleibt ein Schwein. Mehr kann ich dazu nicht sagen. Aber du ... du musst ihm sagen, dass du schwanger bist, dann kann er dich nicht feuern. Verstehst du?« Susi legte ihre Hand auf Corinnes Unterarm und schaute sie mit forderndem Blick an.

Corinne nickte nur. Klar wusste sie das. Nur, heute mit ihm zu sprechen, wäre keine gute Idee. Vielleicht morgen, wenn er etwas bessere Laune hatte. Sie streichelte gedankenverloren über ihren Bauch. Obwohl sie erst in der elften Schwangerschaftswoche war, spürte sie bereits die Anwesenheit ihres Babys, das in ihr wuchs und gedieh.

5

Heute, morgens

Christians Herz klopfte bis zum Anschlag in seiner Kehle. Sein Mund war trocken, und die Zunge klebte am Gaumen fest. Noch nie in seinem Leben war er so aufgeregt und ängstlich zugleich gewesen. Das lag vielleicht auch daran, dass er sich zuvor noch nie in so einer Situation befunden hatte. Er musste das Versprechen einlösen, nur das zählte im Moment, und nur das gab ihm den Antrieb, trotz seiner Angst weiterzumachen. Er drückte die Klinke nach unten und öffnete die Tür, die mit einem leisen Knarren aufging. Dieses Knarren hörte sich eher an wie das Knurren eines Hundes, und Christian erstarrte. Er hatte das Gefühl, dass dieses Geräusch durch die ganze Villa hallte und ihn als Eindringling entlarven würde. Doch im nächsten Moment setzten die Schnarchgeräusche wieder ein, und Christian atmete vor Erleichterung aus. Er würde alles daransetzen, dass dieser Abschaum seine gerechte Strafe bekäme. Und die sah nicht im Entferntesten so aus, wie es die Justiz entschieden hatte.

Er sah auf das übergroße Bett mit dem Kopfteil

aus Metall. Harald Moser schlief tief und fest, obwohl ihm das Mondlicht ins Gesicht schien. Seine Stirn war in Falten gelegt.

Christian stand mitten im Zimmer und beobachtete den schlafenden alten Mann, der ihm alles genommen hatte. Alles, wirklich alles, was ihm jemals heilig gewesen war. Derjenige, der Schuld daran hatte, was passiert war.

Nun würde er ihm alles nehmen. Er sollte dafür büßen.

Christian holte das Pfefferspray aus seinem Rucksack und hielt es direkt vor Mosers Gesicht. Für den ersten Moment reichte es völlig, wenn er nur außer Gefecht gesetzt war und sich nicht mehr wehren konnte. Schließlich hatte Christian noch so einiges mit ihm vor, und davon wollte er jede Sekunde genießen. Er selbst hielt sich ein Tuch vor Mund und Nase, bevor er den Knopf der Spraydose nach unten drückte.

Moser erwachte unter wüsten Flüchen und warf seinen Kopf hin und her.

Christian schaute ihm zu, während der Mann panisch nach dem Lichtschalter suchte, der sich einige Zentimeter neben seiner hektisch klatschenden Hand an der Wand befand. Ein Lächeln huschte über Christians Gesicht.

Moser brüllte: »Was zum Teufel ist denn

hier …?« Ein Hustenanfall beendete den Satz.

Das Licht der Deckenleuchte erhellte das Zimmer, und Christian stand noch an der gleichen Stelle wie zuvor.

»Verdammte Scheiße!« Moser setzte sich auf, rieb seine verquollenen Augen und stellte die Füße auf den Boden.

Christian nutzte die Gunst der Stunde, packte ihn an den Schultern und nahm ihn in den Würgegriff.

Moser schlug wild um sich und versuchte, sich aus dem Griff um seinen Hals herauszuwinden.

»Hör auf, dich zu wehren«, flüsterte Christian ihm ins Ohr. »Ansonsten töte ich dich gleich. Ich habe ein Messer, und das steche ich dir mitten in dein Herz.«

Moser bohrte die Finger seiner rechten Hand in Christians Oberarm und riss kräftig daran. Mit der anderen Hand wischte er noch immer in seinem Gesicht herum.

»Du hast mich wohl nicht richtig verstanden. Ich wiederhole mich nur ungern«, zischte Christian und zog seinen Arm fester um Mosers Hals.

»Was wollen Sie?«, röchelte Moser. »Geld? Schmuck? Sie können sich alles nehmen, was Sie wollen. Nur lassen Sie mich am Leben.«

»Wirklich alles?«, sagte Christian, und er konnte sich das Grinsen nicht verkneifen.

»Ja, alles. Ich gebe Ihnen alles, was Sie wollen.« Moser stammelte mehr, als dass er sprach.

»Gut, dann mach, was ich dir sage. Ich werde jetzt den Griff um deinen Hals lösen, und du bist ein braver Junge.«

Moser nickte hektisch, und Christian lockerte seinen Arm, stellte sich wieder aufrecht hin und wartete einen Moment.

»So, nun wirst du dich ausziehen.« Christian war erstaunt, dass seine Stimme so klar und ruhig klang.

Moser drehte sich zu ihm um. Seine Augen waren blutunterlaufen und angeschwollen. »Ich soll bitte was?«

»Also, was jetzt? Ist dir das Spiel mit dem Messer lieber? Kann ich auch. Wie du willst ...« Christian griff in seine hintere Hosentasche.

Obwohl Christian sich sicher war, dass Moser nur schemenhaft erkennen konnte, was in seinem näheren Umfeld gerade passierte, wehrte Moser sofort mit seinen Händen ab. »Nein, nein. Ich mache schon.« Er stand auf und zog sich sein Pyjamaoberteil über den Kopf und ließ es auf den Boden fallen. Dann stieg er ungelenk aus der

Hose.

Christian dachte an seine Mama. Sie hatte immer zu ihm gesagt: »Wenn du Angst vor jemandem hast, mein Sohn, dann stell dir die Leute nackt vor. Dann sind sie wie du und ich.«

Und ja, sie hatte auch in diesem Fall recht gehabt. Es war nur ein Klumpen Fett, der nun vor ihm stand.

6

Vor drei Wochen

Kirsten Klauß saß auf ihrem Stuhl im Richterzimmer. Vor etwa einer halben Stunde hatte sie Christine angerufen, wann sie nun endlich ihre Belohnung bekäme. Schließlich wollte Kirsten sich in den nächsten Tagen ein neues Auto kaufen, und da kam ihr diese kleine Finanzspritze ganz recht.

Sie schaute auf die Uhr und seufzte. In knapp zwanzig Minuten hatte sie die nächste Verhandlung. Das würde eng werden, wenn Christine nicht bald kommen würde.

Ein Klopfen an der Tür.

»Herein«, sagte sie, und gleich darauf öffnete sich die Tür, und Christine trat in den Raum.

Kirsten sah sie mit einem verächtlichen Blick an. Die Frau Rechtsanwältin, Miss Unnahbar. Mit ihrem schicken kurzen Kostüm hatte sie schon einige Richter herumbekommen. Allerdings machte sie dafür nicht die Beine breit, sondern sie öffnete Umschläge, damit sie bekam, was sie wollte.

»Hallo, Kirsten.« Christine trat an den Schreibtisch heran und stellte ihre Tasche auf einen der freien Stühle davor. Auch Christine hegte kein Interesse, mit Kirsten befreundet zu sein. Aber so hin und wieder ein Geschäft zu machen, war schon drin. Besonders weil Christine über Kirstens hohen Lebensstandard Bescheid wusste. Es musste für sie immer das Beste und Teuerste sein. Genauso wie für Kirstens Söhne, denen sie keinen Wunsch abschlagen konnte. Christine machte ihre Hausaufgaben sehr genau, und selbst tief verschüttete Geheimnisse fand sie heraus. Sie scheute sich sogar nicht davor, einen Privatdetektiv zu engagieren.

»Ich hoffe, du hast alles dabei«, sagte Kirsten. »Ich habe nicht viel Zeit.«

Christine nickte, und ihre halblangen blonden Haare wippten zustimmend mit. Gleich darauf zog sie einen Umschlag aus ihrer Handtasche und schmiss ihn Kirsten auf den Tisch.

Diese griff danach und überprüfte den Inhalt. *Scheint auf den ersten Blick alles in Ordnung zu sein,* dachte sie sich und legte das Kuvert in die Schreibtischschublade. »Weißt du, was ich nicht verstehe, Christine? Warum wolltest du diesen Richterspruch kaufen? Ich meine, der Fall war doch glasklar. Na ja, wenn ich natürlich angeordnet hätte, etwas tiefer zu graben, hätten wir so einiges rausgefunden. Da bin ich mir sicher. Klar, irgendetwas wird schon passiert sein zwischen dieser Frau und deinem Mandanten. Aber solange Aussage gegen Aussage steht, wird er nicht verurteilt.«

»Sicher ist sicher, liebe Kirsten. Und tiefer hättest du nicht graben dürfen, befürchte ich.« Christine lächelte gekünstelt. »Ich kann es mir einfach nicht leisten, meinen Ruf zu verlieren. Und den Bonus natürlich. Aber wenn du das Geld nicht möchtest, ist das für mich auch okay. Ich nehme es wieder an mich.« Sie streckte Kirsten ihre Hand entgegen.

Kirsten schüttelte den Kopf und machte demonstrativ die Schreibtischschublade zu. »Hast du nie ein schlechtes Gewissen? Ich meine, den Opfern gegenüber?«

»Fragt diejenige, die gerade Schmiergeld angenommen hat. Aber nein, ich habe niemandem gegenüber ein schlechtes Gewissen. Warum auch? Ich muss meinen Lebensstandard erhalten. Und natürlich möchte ich auch weiterhin in den gehobenen Kreisen praktizieren. Wenn mein Mandant wünscht, dass ich eine Verleumdungsklage einreiche und es dafür einen begründeten Verdacht gibt, dann mache ich das.« Christine schloss ihre Tasche und schritt zur Tür.

Sekunden später war Kirsten wieder mit sich allein und starrte auf den Ordner vor sich. Ein Sorgerechtsfall. Der Vater kämpfte um das alleinige Sorgerecht seiner beiden Kinder. Die Mutter war alkoholabhängig, hatte aber bereits eine Therapie begonnen und befand sich derzeit noch in einer Entzugsklinik. Allerdings würde sie bereits in einer Woche als geheilt entlassen werden.

Schwieriger Fall. Einmal abhängig, immer abhängig. Sie dachte an ihre eigenen Söhne, die in etwa so alt waren wie die beiden, um die es in diesem Fall ging. Wie würden sie es finden, wenn sie von ihr getrennt wären? Sie musste aufhören mit diesen krummen Geschäften. Wenn das rauskäme, würden ihre Kinder sie im Gefängnis besuchen. Wäre sie dann noch eine gute Mutter? Ein gutes Vorbild, das sie so gerne für die beiden sein wollte?

Ihr Computer zeigte eine neue Mail an. Sie kannte den Absender nicht, aber der Betreff klang ansprechend. *>Interviewanfrage zum Artikel: Der Richter entscheidet über Leben und Tod<*

Kirsten schaute nochmals auf den Absender und las *>Susanne.Barlang@trendundschick.at<*.

Immer diese Klatschmagazine. Normalerweise

lese ich so was ja nicht. Aber wieso sollte ich kein Interview geben? Schließlich bin ich eine hoch angesehene Richterin. Ich halte zwar den Titel der Story für sehr gewagt, da die Todesstrafe schon lange abgeschafft wurde, aber gut. Ich werde ihr vorab schreiben, dass sie mir ihre Fragen schicken soll. Dann sehe ich gleich, worüber sie mit mir reden möchte.

7

Vor einem Jahr

Heute war der Moment gekommen. Heute würde sie es ihm sagen. Corinne war extra früher in die Redaktion gefahren. Christian hatte ihr Mut zugesprochen, als sie ihm von dem Vorfall vor ein paar Tagen erzählt hatte. Auch er war Susis Meinung. Harald Moser konnte ihr nicht kündigen, sie war doch im Mutterschutz.

Moser schien heute gute Laune zu haben. Schon in der Früh hatte er ein Lied gepfiffen, als er in die Redaktion gekommen war. Sogar ein »Guten Morgen« warf er in die Runde, was nicht nur Corinne erstaunte, sondern auch alle anderen Kollegen. Alle sahen von ihren Monitoren auf und schauten dem Chef hinterher, der fröhlich in sein Büro stapfte. Einigen blieb der Mund offen stehen. Diesen Anblick bekam man hier selten zu sehen. Viel zu selten. Vermutlich waren die Verkaufszahlen der gestrigen Ausgabe zufriedenstellend gewesen. Anders konnte Corinne sich das nicht erklären. Oder seine Frau war wieder auf Reisen, was relativ oft vorkam und ihn meist auch in positive Stimmung versetzte.

Corinne sah auf den leeren Schreibtisch neben ihrem. Susi hatte heute ihren freien Vormittag. Corinne hätte jetzt Zuspruch gebrauchen können, aber es war keiner da, der ihr diesen geben konnte. Ihr Herz pochte bis zum Hals, und sie hörte ein leises Rauschen in den Ohren. Sie versuchte, äußerlich ruhig zu bleiben, was sich schwierig gestaltete, denn in ihrem Inneren war bereits alles in Aufruhr. Sie nahm all ihren Mut zusammen, stand auf und ging in Richtung Mosers Büro. Jeder Schritt wurde schwerer, als ob sie durch flüssigen Beton watete. Sie blieb vor der geschlossenen Tür stehen und schaute auf das goldene Schild. »Direktor Moser« war darauf in geschwungener Schrift zu lesen. Sie holte noch einmal tief Luft, bevor sie die Türklinke hinunterdrückte.

Harald Moser schaute von seinem Monitor auf. »Frau Heimgartner! Haben Sie schon einmal etwas von Anklopfen gehört?« Sein Blick verfinsterte sich, und Corinne wäre am liebsten in dem Loch verschwunden, das sich gerade vor ihr auftat. Sie hatte tatsächlich vergessen anzuklopfen. Das war vermutlich kein guter Anfang für das Gespräch.

»Entschuldigen Sie, Herr Moser. Darf ich eintreten? Ich muss mit Ihnen etwas besprechen.«

»Was ist denn schon wieder los? Habe ich mich gestern nicht klar ausgedrückt? Entweder bis Freitag einen Artikel, der mich überzeugt, oder Sie fliegen raus. Die Mail, über was Sie schreiben sollen, haben Sie bereits heute in der Früh von mir bekommen.«

»Ja, die Mail habe ich bekommen«, sagte Corinne. »Keine Sorge. Ich schreibe Ihnen den besten Artikel. Aber ich muss Ihnen etwas Wichtiges ...«

»Jetzt stammeln Sie hier nicht rum und stehlen meine Zeit«, wurde sie scharf von Moser unterbrochen.

Corinne schaute auf den Boden. Sie zeichnete mit den Spitzen ihrer Ballerinas unsichtbare Kreise in den Teppich.

»Was ist nun?« Moser sprang auf und knallte seine Handflächen auf den Schreibtisch.

Corinne durchzuckte es, und die Wahrheit kam ihr ungefiltert über die Lippen: »Ich bin schwanger.« Sie wagte es nicht, aufzusehen.

Sekundenlang war es still. Kein Wort kam über Mosers Lippen. Doch als er die Information verarbeitet hatte, brach ein wilder Sturm über sie herein. »Sie sind was?! Haben Sie denn noch nie etwas von Verhütung gehört? Wie können Sie es wagen, schwanger zu werden?«

»Aber, aber ich ...« Weiter kam Corinne nicht, denn Moser hatte sie bereits am Unterarm gepackt und ganz nah an seinen Körper gezogen. Corinne konnte seinen Atem auf ihrem Gesicht spüren. Sie hoffte inständig, dass er jetzt nicht noch die letzten Hemmungen verlieren würde.

»Ich könnte Sie ...«, zischte Moser und bohrte seine Finger in ihre Haut, sodass Corinne vor Schmerzen aufstöhnte. Sie schaute ihm in die Augen, und er stieß sie grob von sich. Seine Blicke waren wie scharfe Klingen, die ihr den Leib aufschlitzten. »Sie kommen heute am Abend zu mir nach Hause. Dann werden wir eine Lösung finden. Habe ich mich klar ausgedrückt?«

Corinne nickte. Einerseits war sie froh, dass er von ihr abließ, andererseits bohrten sich Fragen in ihr Hirn. *Zu ihm nach Hause? Allein? Warum? Was will er von mir? Oh Mann, wenn ich das Christian erzähle, der flippt aus.*

8

Heute, morgens

»Wenn ich dich so ansehe, bist du nur ein armes Würstchen.« Christian hatte Moser in der Zwischenzeit in den unteren Bereich gebracht und dort im Wohnzimmer an den Fernsehsessel gebunden. Das notwendige Klebeband hatte er in seinem Rucksack dabeigehabt. Die Handgelenke waren auf dem Rücken gefesselt, die Füße an den bis zum Boden reichenden Armstützen. Er hatte Mosers Oberkörper vollständig mit dem Klebeband umwickelt und an der Rückenlehne fixiert. Es gab kein Entkommen mehr. Heute war der Tag der Tage. Der Tag der Abrechnung.

Die Stufen hinunter waren für Christian eine Herausforderung gewesen, die aufkommenden Gedanken nicht sofort in die Tat umzusetzen. Klar wäre es ein Leichtes gewesen, Moser einen Schubs zu geben. Er wäre die Treppe hinuntergestürzt, und mit etwas Glück hätte ein Knacksen seiner Halswirbelsäule seinem ekligen Leben ein Ende gesetzt. Oder es hätte ihn zumindest in den Rollstuhl gezwungen. So wie es bei Christians Onkel Oskar gewesen war, der nach einem schweren Motorradunglück querschnittsgelähmt war und sich Jahre später den erlösenden Schuss in den Kopf gegeben hatte.

Aber das wäre kein befriedigendes Ende für Christian. Moser sollte richtig leiden. Leiden so wie Christian und Corinne im letzten Jahr gelitten hatten.

»Was wollen Sie denn von mir?« Die Wirkung des Pfeffersprays ließ nach. Moser suchte Christians Blick.

»Du hast keine Ahnung, wer ich bin, oder?« Christian baute sich direkt vor ihm auf und stemmte seine Hände in die Hüften.

»Nein, habe ich nicht. Nehmen Sie doch alles, was Sie wollen, und verschwinden Sie von hier.« Moser zerrte an seinen Fesseln. Aber ohne Erfolg. Das Powertape hielt, was es versprach.

»Mein Name ist Christian. Christian Schmitz. Dämmert es langsam bei dir?«

Moser musterte ihn von oben bis unten.

Als Momente später immer noch keine Antwort von ihm kam, redete Christian weiter: »Ich bin der Lebensgefährte, der Verlobte, von Corinne Heimgartner. Klingelt es jetzt bei dir?« Christian kramte in seiner Hosentasche und förderte das Schweizer Taschenmesser zutage, das er damals von seinem Großvater geschenkt bekommen hatte. Ein Original, kein Nachbau.

Christian trug es immer bei sich, da es auch viele andere Funktionen hatte, außer etwas zu schneiden.

»Heimgartner. Ja, ich weiß, wer sie ist. Sie arbeitet schon seit einem Jahr nicht mehr für mich. Und auch vor drei Wochen bei der Gerichtsverhandlung wurde ich für unschuldig erklärt. Sie hat gelogen.«

»Eins nach dem anderen«, sagte Christian, und während er das Messer aufklappte, bemerkte er die ersten Sonnenstrahlen, die ins Haus fielen. Es war Zeit. Das Spiel musste beginnen.

»Bitte lassen Sie mich gehen.« Moser schaute ihn mit flehendem Blick an.

Christian fing an zu lachen. »Was meinst du mit ›gehen‹? Du gehst nirgendwohin. Wir machen jetzt eine Party. Und dazu müssen wir jemanden einladen. Wir brauchen ja Gäste für deine Party. Also, wo ist dein Telefon?«

Moser schwieg und starrte ihm direkt in die Augen.

»Du Mistkerl, ich habe dich etwas gefragt«, sagte Christian und zeigte mit der Messerspitze auf ihn.

Moser schwieg weiterhin, ließ allerdings das Messer nicht aus den Augen.

»Gut, dann werde ich dir wohl zeigen, dass ich

es ernst meine.« Christian klappte die Klinge wieder ein. Stattdessen holte er den Korkenziehen hervor und setzte die Spitze auf Mosers nacktem Oberschenkel an.

Moser senkte den Blick, und sein Bein zuckte unkontrolliert hin und her. Allerdings nahm seine Körpermasse schon den meisten Platz des Sessels ein und beschränkte ihn somit in seiner Bewegungsfreiheit.

Christian lachte wieder. »Wo willst du denn hin? Glaubst du denn wirklich, dass du eine Chance gegen mich hast?«

Mosers lauter Schrei donnerte durch das Haus.

Doch Christian reagierte nicht darauf. Schließlich war niemand hier, der ihn von seinem Vorhaben abhalten konnte.

»Gehen Sie weg von mir, Sie Irrer!«, schrie Moser.

Christian drehte den Korkenzieher tiefer in das Fleisch. Ein Rinnsal Blut rann aus dem Loch. Der nächste Schrei folgte. Mosers Körper zuckte immer stärker. Wie wild schüttelte er seinen Kopf, und die grauen Haare flogen umher. Schweißperlen bildeten sich auf seiner Stirn.

»Wo ist dein Telefon?«, fragte Christian. »Weißt du, wenn ich ein Stück weiter links hineinbohre, dann treffe ich die

Oberschenkelarterie. Das habe ich mal in einem Thriller gelesen. Lesen bildet eben. Weißt du auch, was passiert, wenn die Oberschenkelarterie ein Loch hat?« Christian drehte den Korkenzieher wieder aus dem Fleisch heraus, und Moser schrie sich die Seele aus dem Leib. Doch Christian fuhr bereits mit dem blutverschmierten Werkzeug auf Mosers Bein ein paar Zentimeter weiter nach links.

»Hier ist sie vielleicht«, murmelte Christian und stellte den Korkenzieher senkrecht auf.

»Nein!«, schrie Moser. »Bitte hören Sie auf! Mein Telefon liegt im Büro, gleich nebenan.« Er unterstrich seine Wegbeschreibung mit einem Nicken in besagte Richtung.

Christian verstärkte den Druck auf den Oberschenkel.

»Was wollen Sie denn noch? Ich habe Ihnen doch gerade gesagt, was Sie wissen wollten!« Moser spuckte ihm die Worte förmlich entgegen.

Christian seufzte. »Du nimmst einem den ganzen Spaß, wirklich!« Er ließ von Moser ab, klappte den Korkenzieher zurück und steckte das Messer in seine Hosentasche.

9

Vor drei Wochen

»Stell dir vor, Christian. Der Plan mit dem Interview hat geklappt. Allerdings soll ich ihr die Fragen vorab schicken. Ist aber kein Problem. Ich lasse mir etwas einfallen.« Susi lächelte und wartete auf die Reaktion am anderen Ende der Leitung.

»Sehr gut. Du musst es so anstellen, dass wir alle Antworten bekommen, die wir brauchen. Gegen dieses abgekartete Spiel müssen wir vorgehen. Schaffst du das, die richtigen Fragen zu stellen? Wir brauchen dringend Beweise.«

»Na, klar doch«, sagte Susi und kramte bereits auf ihrem Schreibtisch nach dem Notizblock. »Ich habe gesagt, ich helfe dir und Corinne. Und das meine ich auch so, mein Lieber. Es wird alles gut, ja? Wie geht es Corinne?«

»Sehr schlecht. Sie ist nach dem Urteil am Boden zerstört. Kannst du dir ja vorstellen. Sie geht gar nicht mehr aus dem Haus, geschweige denn aus ihrem Bett. Ich bin froh, dass wir bei meiner Schwiegermutter wohnen. Sie kümmert sich in der Zeit um sie, während ich auf der Arbeit bin.«

»Ich komme Corinne bald mal besuchen. Sag ihr das bitte und drück ihr einen Kuss von mir auf die Wange. Ich muss weitermachen. Mein Chef schaut schon böse.«

»Dass du dort noch arbeiten kannst, nach allem, was vorgefallen ist. Für mich wäre das unmöglich.«

»Sei doch froh. So komme ich viel leichter an die Informationen heran, die wir gegen ihn verwenden können. Ich muss Schluss machen. Bye, bye.« Susi beendete das Gespräch.

Sie schrieb die erste Frage, die sie der Richterin stellen wollte, auf. Da hörte sie bereits, dass ihr Chef ihren Namen durch die ganze Redaktion brüllte.

»Frau Barlang! Sofort in mein Büro!« Mit diesen Worten drehte er sich auf dem Absatz um und verschwand wieder hinter seinen Schreibtisch.

Alles gut, Susi. Er wird den Artikel genehmigen. Du hast dich gut auf diesen Moment vorbereitet und bist mit ausgezeichneten Argumenten ausgestattet. Nur keine Sorge.

Susi nahm all ihren Mut zusammen, stand von ihrem Stuhl auf, schnappte sich ihre Unterlagen und ging mit flottem Schritt in die Höhle des Löwen.

»Frau Barlang, was haben Sie sich dabei gedacht?«, sagte Harald Moser und schmiss ihr den Ausdruck ihrer Mail entgegen, die sie ihm erst vor einer Stunde geschickt hatte.

Susi griff nicht danach, sie wusste ja, was in der Mail stand. »Herr Moser, das ist die Gelegenheit, Ihre Weste blütenweiß zu waschen. Ich möchte hiermit aufzeigen, dass die Gerechtigkeit immer siegt und dass die Unschuldigen ihr Recht bekommen. Lassen Sie mich Ihnen helfen.« Susi schaute in seine finstere Miene, die sich aber erhellte, während sie noch sprach.

»Sie meinen, das würde helfen, meinen Namen in einem guten Licht zu präsentieren? Vielleicht …« Moser griff zu dem Ausdruck, der leicht zerknüllt auf dem Schreibtisch lag. »Vielleicht haben Sie ja recht. Aber ich dachte, Sie und Frau Heimgartner sind befreundet?«

»Nein, wir waren nur Kolleginnen«, log Susi und setzte ihr strahlendes Lächeln auf. Am liebsten hätte sie ihm ins Gesicht gespuckt.

»Frau Barlang. Ich finde, es war eine gute Idee, Sie zu meiner Stellvertreterin zu machen. Sie haben hervorragende Einfälle. Allerdings möchte ich gerne das Interview mit Ihnen gemeinsam machen. Das ist Chefsache. Das verstehen Sie doch, oder? Den Fragenkatalog können Sie mir vorbereiten und mailen.« Harald Moser war sichtlich zufrieden mit sich selbst und lehnte sich in seinem Chefsessel zurück. Er hob seine Arme und verschränkte die Hände hinter dem Kopf. Die kreisrunden dunklen Flecken auf seinem blauen Hemd in Höhe seiner Achselhöhlen ließen Susi einen kalten Schauer den Rücken hinunterrinnen.

Susi dachte an die Geschichte, die ihr ihre Mutter immer vorgelesen hatte: Schneewitchen. Ob er auch jeden Abend vor dem Spiegel stand und diesen befragte, wer der Schönste im Land sei?

»Wieso stehen Sie noch hier rum? Haben Sie keine Arbeit?« Moser schaute sie mit vorwurfsvollem Blick an.

Susi räusperte sich, machte eine Kehrtwendung und verließ das Büro. Nicht ohne ein zufriedenes Lächeln auf den Lippen zu haben. Wieder an ihrem Arbeitsplatz zurück, machte sie sich an die schwerste Arbeit, die ihr bevorstand. Welche Fragen konnte sie der Richterin stellen, ohne dass sie oder ihr Chef Verdacht schöpften, was hier wirklich vor sich ging?

10

Vor einem Jahr

Corinne kannte den Weg zur Villa ihres Chefs. Jedes Jahr im Dezember hielt er dort im Salon die Weihnachtsfeier ab. Es gab immer ein Catering, guten Wein und klassische Musik. Obwohl, Letzteres war nicht gerade so ihr Ding, jedenfalls nicht diese klassische Musik, die ihr Chef mochte. Moser liebte es, Chopins Klänge im Salon zu versprühen, und das mussten alle Kollegen wohl oder übel akzeptieren. Schließlich wollte ja keiner negativ auffallen und dem Chef seine gute Laune verderben, die er an diesem Tag immer hatte. Jeder genoss es, von seinen Schreianfällen und Attacken einmal freizuhaben.

Corinne fuhr die Einfahrt zur Villa hoch, bis zu dem riesigen Eisentor. Ein großes »H« prangte in dem linken Torflügel und ein großes »M« im rechten. Als sie mit ihrem Auto stehen blieb, um an der Glocke zu läuten, öffnete sich das Tor wie von Geisterhand. Corinne überlegte kurz, wie das möglich sein konnte, sah aber gleich darauf die Kamera an der Säule, an der der rechte Türflügel befestigt war.

Den ganzen Nachmittag hatte sie sich bereits

Gedanken darüber gemacht, was sie – und ob sie überhaupt etwas – mitbringen sollte. Schwierige Entscheidung. Kurz bevor sie losgefahren war, hatte sie sich entschieden, für den Fall der Fälle eine Flasche Rotwein zu kaufen, um zumindest etwas dabeizuhaben.

Sie stellte ihr Auto direkt neben Mosers dunklem BMW ab und zog sich ihre dünne Weste über. Die Sonne war bereits untergegangen, und ein kühler Oktoberwind blies ihr ins Gesicht, als sie ausstieg. Sie schritt auf die Eingangstür zu, und noch bevor sie die Stufen vor dem Haus erreicht hatte, wurde diese bereits geöffnet. Im Türrahmen stand Harald Moser. Ausgesprochen adrett angezogen mit hellem Anzug, einem weißen Hemd und einer beigen Krawatte. Freudestrahlend kam er auf sie zu. Corinne fühlte sich mit ihrer schwarzen Jeans und der zartrosa Bluse etwas underdressed. *Wieso hat er mir nicht gesagt, dass ich mich schick anziehen soll? Und was ist hier überhaupt los? Warum ist der denn so freundlich zu mir?*

»Frau Heimgartner. Sie sehen heute zauberhaft aus.« Moser nahm ihre Hand und küsste ihren Handrücken.

Sofort schrillten sämtliche Alarmglocken in ihrem Gehirn, und es beschlich sie ein unbehagliches Gefühl. »Herr Moser, was ist hier los?«, fragte Corinne und schaute ihn ungläubig an.

»Frau Heimgartner, treten Sie doch erst einmal in meine bescheidene Hütte ein.« Moser machte eine einladende Geste mit der Hand.

Corinne lächelte bei seinen Worten, weil diese wohl nicht ganz der Wahrheit entsprachen. *Bescheidene Hütte.*

Sie dachte an Christian, dem sie nichts von dem Treffen mit ihrem Chef erzählt hatte. Zuerst hatte sie es Christian sagen wollen, doch am Nachmittag hatte er schlechte Laune gehabt, weil er eine Stunde früher zum Dienst musste. Und schließlich wollte sie keine Pferde scheu machen. Sie war hier, um sich mit ihrem Chef gütlich zu einigen, und da brauchte sie keinen eifersüchtigen Freund, der alle paar Minuten ihr Handy klingeln ließ.

»Herr Moser, bescheidene Hütte würde ich Ihre Villa nicht nennen.« Sie schaute sich im Eingangsbereich um, in dem ein goldener Luster prunkvoll von der Decke strahlte. Eindrucksvoll war ebenso die Treppe, die nach zwei Seiten geschwungen nach oben führte.

»Kommen Sie. Setzen wir uns ins Wohnzimmer. Auf dem Sofa ist es doch viel bequemer.« Moser ging bereits in das große Zimmer. Corinne folgte ihm.

Auf dem dunklen Wohnzimmertisch standen bereits zwei Gläser bereit. Eines mit einer hellen Flüssigkeit, der grünen Flasche daneben zu urteilen, handelte es sich um Weißwein. Und eines mit einer orangefarbenen Flüssigkeit, vermutlich Orangensaft.

»Bitte, nehmen Sie doch Platz«, sagte Moser. »Ich habe mir erlaubt, für Sie einen Orangensaft zu kredenzen. Ich hoffe, er schmeckt Ihnen. Schließlich sind Sie ja schwanger, und da dürfen Sie kein Gläschen Alkohol mit mir trinken.«

Corinne dachte an ihre Südfrüchteallergie und die Pusteln, die sie am nächsten Tag am ganzen Körper haben würde. Sie sagte aber nichts, sondern nickte nur freundlich und setzte sich auf das Sofa, auf dem eine dunkle Kuscheldecke ausgebreitet war.

Moser griff zu einem Stapel von Papieren, die auf dem Tisch lagen, und suchte ein bestimmtes heraus. Dann griff er zu seinem Weinglas und hielt es hoch. »Prost. Auf Ihr Wohl«, sagte er und führte das Glas an seine Lippen.

Sofort griff auch Corinne zu ihrem Glas und prostete ihm ebenfalls zu, bevor sie einen Schluck daraus trank. Es brannte ihr bereits im Hals bei dem Gedanken, was der erste Schluck in ihrem Körper anrichtete. Und vor allem schmeckte dieser Saft nicht besonders gut. Aber das konnte sie ihm doch nicht sagen. Zumindest nicht in dieser Situation.

»Also, was ich zuallererst mit Ihnen besprechen wollte, ist Ihr Artikel von vor zwei Tagen. Wie ich Ihnen bereits gesagt habe, ist dieser miserabel. Haben Sie bereits mein Memo zu einer neuen Idee gelesen? Was denken Sie darüber? Schaffen Sie das, mir einen Artikel zu schreiben, der die Leute wirklich interessiert?«

»Also, ich möchte gerne das Thema Umweltschutz aufgreifen, und da habe ich mir schon einige Gedanken gemacht und Recherche betrieben. Morgen in der Früh habe ich einen Termin bei der städtischen Müllabfuhr. Mit dem Leiter der Sortierabteilung. Ich finde, es wird Zeit, die Leute wachzurütteln und aufzuzeigen, wie wichtig Mülltrennung ist. Ein Zeichen setzen.«

Moser erhob wieder sein Glas. Sie tat es ihm gleich und trank ebenfalls einen Schluck.

»Eine wunderbare Idee«, sagte Moser. »Ich freue mich sehr darauf. Abgabeschluss ist morgen um sechzehn Uhr. Das ist Ihnen klar, ja?«

Corinne nickte, und ein leichtes Schwindelgefühl setzte ein. Sie hielt sich ihre Handflächen an die Schläfen und hoffte, dass Moser nichts bemerkte.

»Ist Ihnen nicht gut, Frau Heimgartner?

Trinken Sie doch etwas. Das ist sicher Ihr Kreislauf. Der geht gerade bei Schwangeren gerne von jetzt auf gleich in den Keller. Das war bei meiner Frau auch so, als sie schwanger war mit unserer Tochter.« Während Moser noch sprach, hielt er ihr das Glas entgegen.

Corinne trank erneut einen Schluck davon. Eine Welle der Übelkeit überkam sie, als der Orangensaft ihren Magen erreichte. Sie schluckte die Magensäure, die ihr in den Hals gestiegen war, wieder hinunter. *Wenn ich ihm vor die Füße kotze, dann war es das mit meinem Job.*

Corinne spürte, wie Mosers Hand auf ihrem Oberschenkel ruhte und dann Stück für Stück weiter nach oben rutschte. Sie versuchte, sich dagegen zu wehren, zumindest mit ihrer Hand seine wegzuschieben, doch ihre Finger blieben regungslos liegen. Sie öffnete den Mund, ihre Lippen bewegten sich, doch es kamen nur unverständliche Laute heraus, die niemand jemals als das *Stopp,* das ihr Innerstes schrie, würde entziffern können. Dieser Umstand, dass ihr Körper nicht mehr so reagierte, wie sie es ihm befahl, ließ ihren Verstand an sich selbst zweifeln und die ganze Situation als unwirklich erscheinen.

11

Heute, morgens

Nachdem Christian Mosers Handy aus dem Nebenraum besorgt hatte, kehrte er wieder ins Wohnzimmer zurück. Moser starrte ihn an, als er eintrat.

»So, jetzt rufen wir doch mal deine Frau Rechtsanwältin an. Nein, besser noch: Ich schreibe ihr einfach eine Mitteilung, dass sie hier bei dir vorbeikommen und alles mitbringen soll.«

»Ich verstehe nicht. Was wollen Sie denn von mir? Was wollen Sie mit der Rechtsanwältin? Steckt diese miese Schlampe mit Ihnen unter einer Decke?«

»Das wirst du schon noch sehen, was ich mit euch beiden vorhabe. Das wird spaßig. Also für mich auf jeden Fall, für dich vielleicht nicht so.«

»Was wollen Sie von mir? Ich habe Ihnen nichts getan.«

Christian, der bereits im Telefonspeicher von Mosers Handy suchte, hielt einen Moment inne und kam ganz nah an Mosers Gesicht heran. *Hat der Wappler wirklich keine Ahnung, was hier abläuft? Kann der wirklich so deppert sein?* »Du wirst es schon noch früh genug erfahren, was hier vor sich geht. Davon abgesehen, wenn du deine kleinen noch vorhandenen Gehirnzellen ein wenig anstrengst, kommst du von selbst drauf. Aber keine Sorge, ich werde dich aufklären, sobald es an der Zeit ist.«

»Geht es um die Aufzeichnungen? Wollen Sie die haben? Das ist kein Problem. Sie kriegen alles von mir.«

»Ja, ja. Das sagtest du schon, dass ich alles von dir kriege. Ich nehme dir das, was dir am wichtigsten ist.«

»Meine Frau?«, fragte Moser. »Wollen Sie meine Frau ermorden?«

Christian lachte auf. *Der Kerl ist ja wirklich herzzerreißend. Auf was für Ideen der kommt.* »Deine Frau bedeutet dir nichts. Wenn ich sie ermorden würde, täte ich dir sogar noch einen Gefallen damit. Du hast echt keine Ahnung, oder?«

»Nein, habe ich nicht. Was wollen Sie? Warum sitze ich hier nackt auf dem Stuhl und habe ein Loch in meinem Oberschenkel?«

»Also, daran, was mit deinem Bein passiert ist, bist du schon selbst schuld. Du hast mich nicht ernst genommen. Aber ich denke mal, das haben wir nun geklärt und du wirst dich für die nächsten paar Stunden brav an meine

Anweisungen halten.«

»Die nächsten paar Stunden?« Moser sah ihn mit großen Augen an.

»Ja, so ist es. Ich werde dein Gast sein, und du wirst mir alle Wünsche erfüllen.«

Moser schwieg, und Christian tippte die WhatsApp-Nachricht an die Rechtsanwältin ein. Aufgrund der guten Recherche, die er zum großen Teil Susi zu verdanken hatte, wusste er genau, wie er den Text formulieren musste, damit sie darauf reagierte.

Als Christian die Nachricht abgeschickt hatte und die zwei Haken daneben blau waren, ließ er vom Handy ab und steckte es in seine Hosentasche. Er trat in den Vorraum und aktivierte den Taster für die Toreinfahrt, damit das Tor geöffnet blieb. Dann sprach er: »So, jetzt warten wir mal auf die Antwort. In der Zwischenzeit können wir uns ein wenig unterhalten. Also, wieso hast du das gemacht? Wie krank musst du in deinem Kopf sein, meiner Freundin so etwas anzutun?«

»Sie können mir nichts nachweisen«, entgegnete Moser. »Das Gericht hat mich freigesprochen. Ihre Freundin ist nur ein rachsüchtiges Monster, weil sie eine Affäre mit mir hatte und es einfach nicht zugeben will.

Obwohl ich Beweise habe, die das eindeutig belegen.«

»Du glaubst selbst daran, was du mir gerade erzählst, oder? Wieso hast du dann diese angeblichen Beweise bei Gericht nicht vorgezeigt? Wieso hast du sie verschwinden lassen? Dann wollen wir mal deinen grauen Zellen ein wenig auf die Sprünge helfen.«

12

Vor einem Jahr

Corinne wachte in der Früh in ihrem Bett auf. Ihr Kopf war schwer und ihr Mund staubtrocken. Sie fühlte sich, als hätte sie gestern Party gemacht und übermäßig Alkohol getrunken. Obwohl ihr zu diesem Zeitpunkt unerklärlicherweise bewusst war, dass sie definitiv keinen Tropfen angerührt hatte. *Was ist gestern bloß passiert?*

Langsam öffnete sie die Augen, und das Sonnenlicht, das durch das Fenster direkt auf ihr Bett schien, blendete sie. Sie schloss die Augen wieder, da sich der Kopfschmerz, der sich Sekunden zuvor bereits dumpf angekündigt hatte, durch die Lichtverhältnisse in ein reißendes Stechen verwandelte. Sie stöhnte auf und rieb sich in kreisenden Bewegungen die Schläfen.

Wie spät ist es bloß? Ich habe doch heute das Interview für meinen Artikel. Ich darf unter keinen Umständen zu spät kommen.

Sie ließ ihre Augen geschlossen und setzte sich auf. Ihr Körper wehrte sich gegen die Bewegung. Jeder Muskel, den sie anspannte, jeder Knochen tat weh, und sie fühlte sich krank.

Sterbenskrank.

Sie rutschte mit ihrem Hintern zum Ende des Bettes. Dort angelangt fühlte sie die Kälte in ihrem Gesicht, die sie dazu veranlasste, die Augen leicht zu öffnen. Sie musste nun außerhalb der hereinscheinenden Sonnenstrahlen sein. *Warum sind die Jalousien nicht geschlossen? Ich schlafe doch nie mit offenen Jalousien.*

Verwundert schaute sie an sich herunter. Tatsächlich hatte sie noch die Sachen an, die sie gestern am Abend getragen hatte, als sie bei ihrem Chef gewesen war. *Was ist gestern passiert?* Ihr Kopf brannte wie Feuer, und in diesem Moment war kein klarer Gedanke mehr möglich. Sie holte ihr Telefon aus ihrer Hosentasche. 7:42 Uhr. Sie hatte noch eine gute Stunde, bis sie zum Meeting musste. Ob diese Zeit ausreichen würde, um wieder fit zu werden, bezweifelte sie in diesem Moment.

Sie versuchte aufzustehen, und sehr langsam gelang ihr das auch. Allerdings hatte sie nicht damit gerechnet, dass die Morgenübelkeit so schnell hochkam und sie in Richtung Klomuschel zwang. Ihre Knie waren zum Stehen zu schwach, geschweige denn, dass sie sich aufrecht halten konnte, daher kippte sie wieder auf die Bettkante zurück. Der Mageninhalt wollte trotzdem aus ihr heraus, und sie übergab sich direkt über ihre Beine. *Scheiße, das jetzt auch noch.*

Der beißend saure Gestank, der vom Fußboden in ihre Nase stieg, vermischte sich mit dem Ekel vor der Masse, die auf ihrer Jeans klebte, und ließ noch einen Schwall aus ihr hinausschießen.

»Liebling?«, hörte sie ihre Mutter zu ihr heraufrufen. »Alles in Ordnung bei dir?«

Sie musste sich zusammenreißen, dass sie nicht sofort in Tränen ausbrach, als sie die Stimme hörte. Erst einige Sekunden später antwortete sie: »Ja, Mama. Alles okay. Ich komme gleich runter.«

Mein Wort in Gottes Ohr, dachte sie sich. Sie musste erst einmal dringend unter die Dusche. So konnte sie auf keinen Fall unter die Leute gehen. Sie erhob sich wieder vom Bett und wackelte in Richtung Badezimmer. Mit einer Hand stützte sie sich an der Wand ab, jeder Schritt war eine Qual für sie. Nicht nur ihr Kopf schmerzte, sondern auch ihr Kreislauf spielte verrückt. Schwarze Punkte tanzten vor ihren Augen, und das Atmen viel ihr schwer. Ein heißer Schauer durchfuhr sie und brachte ihren Körper in Wallung. Sie war froh, dass ihre Mutter nicht in der gleichen Etage wohnte. Nie und nimmer hätte sie Corinne in diesem Zustand zur Arbeit gelassen. Aber Corinne musste. Sie hoffte noch immer darauf, dass der Artikel, den sie heute schreiben würde, ihren Chef dazu brachte, sie nicht zu entlassen. Schließlich wäre dies nicht das erste Mal, dass Moser einer Frau im Mutterschutz fristlos kündigte.

Sie drehte die Armatur der Dusche auf und pellte sich aus ihren Sachen, die sie achtlos auf den Boden warf. Momente später ließ sie einen kalten Wasserstrahl auf ihre nackte Haut prasseln. Ihr Körper dankte es ihr mit einem Wohlgefühl. Auch ihren Durst stillte sie, indem sie ihren Mund öffnete und das Wasser direkt hineinlaufen ließ. Der Schwindel verschwand fast vollständig, und auch ihre Knie zitterten nicht mehr so stark. *Das kommt sicher von der Schwangerschaft,* redete sie sich ein.

Nachdem sie ausgiebig geduscht und ihre Haare geföhnt hatte, bückte sie sich nach ihrer Kleidung. Beim genaueren Betrachten ihrer Unterwäsche fiel ihr ein hellbrauner ausflussartiger Fleck in ihrem Slip auf. Allerdings machte sie sich darüber keine Gedanken, das hatte sie doch schon öfter gehabt, und es gab keinen Grund zur Sorge. Sie streichelte über ihren Bauch, der noch keine Wölbung aufwies, und sprach zu ihrem Baby:

»Nicht wahr, mein Baby? Wir schaffen das schon. Dem Chef werden wir heute zeigen, was in uns steckt. Er wird begeistert sein.«

Schnell zog sie sich etwas über. Ihr ging es schon viel besser, nur der Kopfschmerz war in abgeschwächter Form geblieben und dieser Durst, den sie noch immer verspürte. *Nun noch das Wegwischen meiner eigenen Kotze überstehen, dann muss ich mich aber sputen.* Viel Zeit für ein Frühstück blieb ihr nicht, was auch ihr Magen mit einem flauen Gefühl bestätigte, dass Frühstück wohl keine gute Idee wäre.

Bewaffnet mit einem Putztuch und einem Eimer Wasser stapfte sie ins Schlafzimmer und riss dort als Erstes das Fenster auf. In Windeseile und gedanklich weit weg von der Realität wischte sie ihr Erbrochenes vom Boden. Als sie fertig war, ging sie die Stufen hinunter und setzte sich an den Esszimmertisch, wo ihre Mutter bereits auf sie wartete. Es gab frische Brötchen, die ihre Mutter in der Früh immer aufbackte, und duftenden Kaffee.

»Guten Morgen, Mama.« Corinne schaute missmutig auf das Essen, denn allein der bloße Anblick ließ die Magensäure wieder in ihren Hals steigen. Sie wandte ihren Blick ab und schenkte sich einen Kaffee ein.

»Guten Morgen, Corinne. Du bist ja heute wieder außerordentlich blass. Geht es dir nicht gut?«

»Alles okay, Mama. Nur die morgendliche Übelkeit in der Schwangerschaft. Das vergeht gleich wieder.« Sie nippte von ihrem Kaffee. Die schwarze Brühe rann ihren Hals hinunter und verdrängte das Unwohlsein.

»Willst du nichts essen?«

»Mama, ich habe dir doch gerade erklärt, dass mir schlecht ist. Wie soll ich da noch etwas essen?«

»Kleines, ich mache dir eine Jause für die Arbeit, ja?« Und noch bevor Corinne widersprechen konnte, nahm ihre Mutter ein Brötchen aus dem Korb, schnitt es auf und belegte es reichlich.

»Ja, danke, Mama«, erwiderte Corinne stattdessen und seufzte. *Mütter sind anstrengend, und trotz meiner dreißig Jahre werde ich noch immer behandelt, als wäre ich ein Kind. Ob ich das mit unserem Kind auch so machen werde? Ob es auch ewig in meinen Gedanken ein Kind bleibt?*

Mit einem Schmunzeln beobachtete Corinne ihre Mutter, die in die Küche tänzelte und eine Jausenbox holte. Sie kam wieder zum

Esszimmertisch zurück, und die Semmel verschwand in der Box. Zusammen mit einem aufgeschnittenen Apfel und ein paar Süßigkeiten.

Corinne lachte laut. »Mama, was soll denn das? Ich bin doch alt genug, dass ich mir das selbst richten kann.«

»Das stimmt, mein Liebling. Du bist alt genug«, sagte ihre Mutter, stand auf und küsste ihre Tochter auf die Stirn. »Aber weißt du, ein Apfel und ein aufgeschnittener Apfel von Mama sind zwei verschiedene Obstsorten. Hast du mir das nicht mal erklärt?« Ein Zwinkern ihrer Mutter, dem ein Grinsen folgte, ließ Corinne noch mehr lachen.

»Mama, das ist mindestens zwanzig Jahre her, als ich das zu dir gesagt habe.«

»Ja, das ist wahr. Allerdings – trotz meines hohen Alters hab ich mir das gemerkt. Phänomenal, oder?« Ihre Mutter prustete los.

»Mama, jetzt hör endlich auf, meine Aussagen zu verwenden. Ich war da gerade mal vierzehn, als ich gesagt hab, du bist uralt. Da haben wir deinen fünfunddreißigsten Geburtstag gefeiert.«

»Ist schon gut, Liebling. Ich nehme dir das nicht krumm. Ich fand das damals schon lustig. Und auch noch heute muss ich drüber lachen.«

»Ich muss los, Mama. Sonst komme ich zu

spät.«

Corinne stand auf und wollte sich gerade die Jausenbox schnappen, als ihre Mutter sie fragte: »Sag mal, wann bist du gestern nach Hause gekommen? Ich habe dich gar nicht gehört. Aber du hast dein Auto quer über beide Parkplätze geparkt.«

Corinne dachte nach. Sie war in etwa um sechs bei ihrem Chef gewesen. Und sie war zu Hause gewesen um ... um ... Verwundert über die Erinnerungslücke antwortete sie etwas zögerlich: »Spät, Mama. Da hast du tief und fest geschlafen, und ich bin ins Haus geschlichen, damit ich dich nicht aufwecke.« Das entsprach allerdings nicht der Wahrheit. Denn eigentlich hatte sie gar keine Erinnerung mehr daran, was gestern geschehen war. Und schon gar keine daran, wie sie nach Hause, geschweige denn in ihr Bett gekommen war. Sie schüttelte die aufkommenden Gedanken aus ihrem Kopf und setzte ein Lächeln auf. Schließlich wollte sie ihrer Mutter keine unnötigen Sorgen bereiten.

Ihre Mutter schaute sie zwar mit einem ungläubigen Blick an, nickte aber.

»Ich muss jetzt wirklich los. Christian wird bald nach Hause kommen von seinem Dienst. Sag ihm, ich ruf ihn in der Mittagspause an, ja?«

»Natürlich sag ich ihm das. Einen schönen Tag wünsche ich dir.«

Corinne hatte bereits die Haustür erreicht und war gerade im Begriff, zu ihrem Auto zu gehen, da fiel ihr auf, dass sie keine Schlüssel in ihrer Hand hatte. An dem angestammten Platz, in der Schüssel auf der Vorzimmerkommode, die noch aus Urgroßmutters Zeiten stammte, waren sie nicht. Sie kramte in ihrer Handtasche und wurde schließlich fündig. *Komisch. Wieso sind die Schlüssel nicht dort, wo sie sonst immer liegen? Und wieso kann ich mich nicht daran erinnern, was gestern Abend passiert ist?*

13

Vor einem Jahr

Zufrieden mit sich selbst und seiner guten Idee spazierte Harald Moser an diesem Morgen in die Redaktion. *Ich bin halt ein kluges Kerlchen,* lobte er sich in Gedanken.

Es war noch früh am Morgen, und es saßen erst wenige seiner Angestellten hinter ihren Schreibtischen. Er startete seinen Computer, öffnete einen Ordner auf dem Desktop und tippte Corinnes Namen in das Dokument ein. Ein Lächeln huschte ihm dabei über die Lippen.

Sein Festnetztelefon klingelte, und die Nummer, die auf dem Display erschien, erhellte seine Laune noch mehr.

»Ja? Wann kommst du?«, sagte Harald.

»Bin so gut wie da«, sagte die männliche Stimme etwas außer Atem.

»Ich bin schon hier und warte sehnsüchtig.« Mit diesen Worten beendete er das Gespräch. Das lief ja heute alles wie am Schnürchen. Er schaute durch die Glasscheibe zu einem bestimmten leeren Schreibtisch. *Bald, sehr bald, wirst du dein blaues Wunder erleben.*

Minuten später klopfte es an der Tür. Harald

Moser sah von seiner Arbeit auf – ein schlaksiger Mann stand draußen. Er hatte eine verwaschene Kordhose an, die ihre besten Zeiten bereits Jahre hinter sich hatte. Auch sonst machte er keinen gustiösen Eindruck. Harald hob seine Hand und winkte ihn herein.

Sie begrüßten sich mit einem Nicken. Der Mann kam näher und legte ein braunes Briefkuvert auf den Tisch.

Sofort griff Harald danach und betrachtete den Inhalt. Augenblicklich kribbelte es elektrisierend in seinem Schritt. Er griff in seine Schreibtischschublade und förderte ein in Zeitungspapier gewickeltes Bündel zutage, das er dem Mann reichte.

Der Mann nahm es entgegen und zählte die Geldscheine, die sich darin befanden.

»Ich hoffe, du bist wie vereinbart zu Fuß abgehauen?«

»Ja, natürlich. Wie vereinbart. Immer wieder schön, mit Ihnen Geschäfte zu machen, Herr Moser.«

»Verschwinde und behalte deine Höflichkeitsfloskeln für dich. Kein Wort zu irgendjemandem. Klar?«

Der Mann nickte und verließ wortlos das Büro. Harald schaute ihm noch nach, bis er aus seinem

Sichtfeld war. Erst dann griff er nach dem Ausdruck, der sich im Drucker befand, und legte ihn mitsamt dem Umschlag in seine Schublade.

Jetzt werde ich mir eine Zigarre gönnen. Er nahm eine Cohiba aus der Holzkiste mit den aufwendigen Verzierungen – ein Erbstück seines Schwiegervaters –, lehnte sich in seinem Chefsessel zurück, legte seine Füße auf den Tisch und zündete sie sich genüsslich an.

***

Es war schon Mittag, als sie endlich das Großraumbüro betrat. Sofort sprang Harald von seinem Stuhl auf und beobachtete sie durch die Glastür. Sein Herz klopfte, und der innere Schweinehund rieb sich die Hände voller Vorfreude. Sie stellte ihre Handtasche auf ihrem Schreibtisch ab und wollte gerade auf dem Stuhl Platz nehmen, da riss er die Tür auf und brüllte durch den Raum: »Frau Heimgartner, in mein Büro!«

Im ersten Moment erstarrte sie, fing sich dann aber wieder, als ihre Kollegin Frau Barlang ihr die Hand aufmunternd auf den Unterarm legte, und kam ihm entgegen.

Er setzte sich wieder in den Chefsessel und wartete, bis sie endlich sein Büro betrat. Ihr Blick, als sie seinen leer gefegten Schreibtisch sah, belustigte Harald.

»Tür schließen und hinsetzen!«, sagte er wie ein Feldwebel in der Kaserne. Und sie befolgte seine Anweisungen wie eine Untergebene. Mit gesenktem Haupt ließ sie sich ihm gegenüber auf den Stuhl sinken. Genau so hatte er sich das vorgestellt.

»Herr Moser, ich bin ...«, sagte Corinne, aber er unterbrach sie mitten im Satz.

»Frau Heimgartner, einfach still sein, ja? Ich habe mir erlaubt, für Sie etwas vorzubereiten.« Harald holte den Ausdruck, den er nur wenige Stunden zuvor in die Schublade gesteckt hatte, hervor. Er legte ihn ihr auf den Tisch und seinen goldenen Kugelschreiber direkt dazu.

Corinne schnappte nach Luft, als sie sah, was sie unterschreiben sollte. »Aber, Herr Moser. Das ist eine Kündigung. Eine einseitige Kündigung sogar.«

»Richtig erkannt. Sie werden mit dem heutigen Tag fristlos kündigen. Weil Sie Ihr Arbeitspensum nicht schaffen und überfordert sind mit der Umstrukturierung in meinem Betrieb.«

»Nein, ich unterschreibe das sicher nicht.« Corinne verschränkte ihre Arme vor der Brust. »Sie spinnen doch. Ich werde Sie anzeigen wegen

Mobbing.« Corinne war bereits im Begriff, aufzustehen und das Büro zu verlassen, da griff Harald nach dem Umschlag, den er heute Morgen von dem Mann bekommen hatte, und legte ihn ebenfalls auf den Tisch.

»Da sollten Sie einen Blick reinwerfen, bevor Sie gehen.« Seine Mundwinkel zogen sich automatisch nach oben in der Erwartung ihres schockierten Gesichts, das sie gleich machen würde. Nicht zum ersten Mal würde er in angstvolle Augen starren.

Ein genervter Blick streifte ihn, dennoch griff sie zu dem Umschlag und zog das erste Foto heraus. Der Mund blieb ihr bei diesem Anblick offen.

»Wollen Sie immer noch gehen? Kein Problem. Sie müssen nichts unterschreiben. Ich werde die Fotos hier in der Redaktion in Umlauf bringen. Und natürlich auch Ihrem Lebensgefährten eine Kopie davon geben. Er wird sicher hocherfreut sein darüber, dass Sie mit mir eine Affäre haben. Oder Sie unterschreiben jetzt Ihre Kündigung, und ich vergesse, dass ich diese Fotos von Ihnen habe.«

In Corinnes Augen bildeten sich Tränen. Anscheinend konnte sie nicht fassen, was sie dort sah. Sie nahm alle Fotos heraus und blätterte sie im Schnelldurchlauf durch. »Aber ... aber das kann nicht möglich sein. Wie haben Sie ...?« Sie stockte mitten im Satz.

Harald vermutete, dass das Betäubungsmittel, das er ihr gestern in den Orangensaft gemischt hatte, Nachwirkungen zeigte und sie deswegen nicht sofort reagierte. »Also? Wie entscheiden Sie sich?«

»Ich werde Sie anzeigen, Herr Moser!« In Corinnes Augen blitzte es.

Harald lachte laut, als er ihren wütenden Gesichtsausdruck sah. »Was wollen Sie denn anzeigen? Dass Sie mit mir freiwillig ins Bett gestiegen sind und sich hochvögeln wollten? Das weiß doch jeder in dieser Redaktion, dass Sie scharf auf den neuen Abteilungsleiterposten sind. Heute werde ich verkünden, dass Frau Barlang meine neue rechte Hand wird. Sie haben keine Chance gegen mich. Unterschreiben Sie, und ich vergesse das!«

»Ich kann mich an gestern Abend nicht mehr erinnern. Freiwillig war das sicher nicht.« Sie hielt ihm den Pack Fotos entgegen.

»Dann schauen Sie doch einmal genau hin. Sie haben sich mir an den Hals geschmissen. Sehen Sie sich doch einmal genau an auf den Bildern. Sie lächeln mich an, Ihre Augen sind offen und

Ihre Beine gespreizt. Ich bin doch auch nur ein Mann, und Sie wollten das so. Das ist doch eindeutig zu sehen.«

Die Wut wich blitzartig aus Corinnes Gesicht, und ihre Hände begannen zu zittern, als sie die Fotos nochmals eingehend betrachtete.

Das ist gut, ich habe sie genau da, wo ich sie haben will.

»Aber ... das kann nicht möglich sein«, stammelte sie.

»Das hat sich genau so abgespielt, wie ich es Ihnen gerade erzählt habe. Die Beine breit machen für den Job ...« Harald wackelte mit seinem Zeigefinger hin und her. »Sex am Arbeitsplatz hat bis jetzt noch jedem geschadet. Also, ich frage Sie nun zum letzten Mal: Wie entscheiden Sie sich?«

Corinne nahm einige Fotos und zerriss sie in kleine Stückchen, die sie auf den Fußboden fallen ließ. Harald saß noch immer und beobachtete sie amüsiert. Als sie sein selbstgefälliges Grinsen sah, ballten sich ihre Hände zu Fäusten.

»Sie dachten jetzt aber nicht, dass dies meine einzigen Kopien wären, oder?« Harald lachte laut auf, als er sah, wie ihre Gesichtszüge mit einem Mal versteinerten.

Corinne stand unschlüssig da. Einen Moment

lang hatte Harald das Gefühl, dass sie gleich in Ohnmacht fallen würde. Dann müsste er natürlich schnell handeln und stand daher vorsichtshalber von seinem Stuhl auf. Doch so schnell ihn dieses Gefühl überkommen hatte, so schnell verschwand es auch wieder, und er nahm Platz. Sie griff zum Kugelschreiber und setzte ihre Unterschrift unter ihren gedruckten Namen. Kein Wort kam über ihre Lippen, als sie Harald direkt in die Augen schaute und ihm die restlichen Fotos auf den Tisch schmiss.

14

Heute, morgens

Christian holte gerade sein Schweizer Taschenmesser aus der Hosentasche heraus und spielte in Gedanken mögliche Szenen durch. Er wog es in zugeklappter Form in seiner Hand hin und her. Moser saß ruhig auf seinem Stuhl und verfolgte mit seinen Augen jede Bewegung, die er machte. Minutenlang hatte Christian bereits geschwiegen.

Plötzlich klingelte es an der Haustür. Moser schrie: »Renn weg! Das ist ein Geisteskranker! Lauf um dein Leben, Schätzchen!«

Christian reagierte sofort und schlug Moser die Faust ins Gesicht. Augenblicklich verstummten dessen Schreie, sein Kopf sackte nach vorne. *Kann das wirklich schon die Rechtsanwältin sein? Es ist doch erst Minuten her, dass ich ihr die Nachricht geschickt habe.* Er machte eine Kehrtwendung und rannte zur Tür. Das Messer steckte er in seine hintere Hosentasche zurück. Zum Glück war die Wohnzimmertür angelehnt, somit schienen die Hilfeschreie nicht nach draußen gelangt zu sein. Denn er sah durch die Haustür, die aus satiniertem Glas bestand, eine Silhouette vor der Tür stehen. Hektisch öffnete er.

Eine junge Frau mit lockigem blondem Haar stand auf der Schwelle. Sie trug einen kurzen blauen Rock, und auf ihren Lippen lag ein sympathisches Lächeln, das allerdings umgehend verschwand, als sie Christian erblickte. »Wer sind Sie? Wo ist mein Vater?«

Christian schaltete blitzschnell und antwortete: »Ich bin ein Freund Ihres Vaters. Kommen Sie nur herein. Er ist im Wohnzimmer und wartet bereits auf Sie.«

Die junge Frau trat in den Vorraum. In ihrer rechten Hand trug sie eine Papiertüte. Vermutlich war sie mit ihrem Vater zum Frühstück verabredet gewesen.

Das wird ja immer besser. An sie hatte ich gar nicht gedacht.

Ein Wimmern drang aus dem Wohnzimmer, und bevor die junge Frau begriff, was hier vor sich ging, rammte Christian ihren Kopf gegen die Wand. Sie sank sofort in sich zusammen und blieb rücklings auf dem Boden liegen. Auf ihrer Stirn wuchs bereits eine kreisrunde rötliche Beule. Christian nahm sie an den Armen und schleifte sie hinter sich her ins Wohnzimmer. Dort angekommen blickte ihn Moser entgeistert an.

»Bitte, tun Sie Leonie nichts. Sie hat ihr ganzes Leben noch vor sich.« Harald Moser rannen Tränen die Wangen hinunter, und er schaute zwischen seiner Tochter und Christian hin und her. Sorgenfalten zogen tiefe Furchen in seine Stirn.

Christian ließ Leonie mitten im Wohnzimmer liegen. Sie war noch immer bewusstlos.

Moser beugte sich ein wenig vor, soweit es das Klebeband zuließ, und redete auf seine Tochter ein. »Leonie, Schatz. Alles wird wieder gut. Papa regelt das.«

Während Moser mit seiner Tochter sprach und ihr alle möglichen Versprechen gab, dass sie hier heil rauskämen, fesselte Christian Leonie mit dem Klebeband an Händen und Füßen. Er riss ein größeres Stück von der Rolle ab und klebte es ihr auf den Mund. Sprechen musste sie ja nicht. Was hätte sie denn auch Wichtiges zum Mitteilen? Dann ließ er von ihr ab, und in seinem Gehirn ratterten die Möglichkeiten, die er jetzt durch die neue Spielfigur bekommen hatte.

In der Zwischenzeit hatte auch Moser aufgehört, auf seine bewusstlose Tochter einzureden, und beschimpfte Christian aufs Wüsteste. »Sie Gehirnamputierter! Wenn Sie meiner Tochter auch nur ein Haar krümmen, mache ich Sie fertig!«

Christian stand aus der Hocke auf und stellte sich mit einem Fuß auf Leonies Brustkorb. Dann sprach er: »Ich bin mir sicher, dass du mich nicht fertigmachen kannst. Du wirst das Ganze hier nicht überleben, genauso wie ich. Aber da ich mich mit dir so köstlich amüsiere, wirst du der Letzte sein, der stirbt. Ich habe eine Idee für dich. Wir spielen ein Spiel. Jedes Mal, wenn du mir eine falsche Antwort auf eine Frage gibst, werde ich deiner Tochter Schmerzen zufügen. Also, was sagst du dazu? Einverstanden?«

»Ich habe Ihnen bereits die Wahrheit gesagt!«

Christian holte mit seinem Fuß aus und trat Leonie in den Bauch, sodass sie aufschrak, sich zur Seite drehte und ihre Knie näher an ihren Oberkörper zog.

Moser schrie auf, als hätte Christian ihn getreten: »Nein, lassen Sie sie in Ruhe! Ich sage Ihnen die Wahrheit über diesen Abend, okay? Aber bitte lassen Sie meine Tochter in Ruhe.«

Christian drehte den beiden den Rücken zu und nahm auf dem großen Sofa Platz. »Also gut, ich höre.« Gerade als er den Satz zu Ende sprach, klingelte Mosers Telefon. Christian hob es vom Wohnzimmertisch auf. Eine Nachricht der

Rechtsanwältin. ›*Ich bin in einer halben Stunde da. Scheint ein großes Problem zu sein, wenn Sie mich schon um kurz vor acht kontaktieren. Ich bringe alles mit.*‹ Gelassen legte er das Handy wieder auf den Tisch und lehnte sich zurück. »Also«, sagte Christian und machte eine Handbewegung, dass Moser sprechen solle. »Ich bin ganz Ohr.«

Moser seufzte, und sein Blick wanderte von seiner Tochter, die vor ihm auf dem Boden lag, zu Christian. »Ich habe Frau Heimgartner betäubt.«

Christian nickte, aber nachdem Moser eine Pause eingelegt hatte und nicht weitersprach, stand er auf und schritt auf die beiden zu.

Moser versetzte das sichtlich in Panik: Er rutschte in dem Sessel mit seinem Hinterteil hin und her. Dann räusperte er sich, und kurz bevor Christian mit seinem Fuß Leonie berührte, sprach er weiter: »Ich habe das geplant. Ich wollte sie loswerden. Ich habe sie ausgezogen, als sie sich bereits nicht mehr wehren konnte, und sie in eindeutigen Posen hingelegt. Zuerst war sie tatsächlich noch bei Bewusstsein und hat mir Avancen gemacht, aber das geschah durch die Droge, die ich ihr verabreicht habe. Zur Sicherheit, dass diese auch wirkt, habe ich eine kleine Menge Alkohol in den Orangensaft gegeben. Als sie dann weggetreten war und ich sie nackt vor mir sah mit den gespreizten Beinen, da konnte ich mich nicht beherrschen und hab sie mir genommen. Ich wusste doch, sie kann sich an nichts mehr erinnern. Somit war ich mir sicher, dass auch keiner darauf kommt.«

Christian schaute zu Leonie, die ihren Vater mit großen Augen ansah. Er atmete tief durch.

Moser schaute kurz zu ihm, wich dann sofort wieder seinem Blick aus und sprach weiter: »Als ich fertig war mit ihr und auch alle Fotos hatte, die ich brauchte, wollte auch ... na ja, ich dachte mir, was soll's? Ist doch egal, wenn der Typ auch über sie drüberrutscht. Sie hat morgen doch einen Gedächtnisverlust. Und der Kerl, der die Fotos machte, schaute nicht so aus, als würde er jemals eine Frau kriegen. Somit verließ ich das Zimmer und ließ die beiden allein.« Moser schluckte schwer.

Christian konnte nicht fassen, was Moser da von sich gab. Ungläubig starrte er ihn an. Dann schaute er zu Leonie hinunter, die unter dem Klebeband etwas Unverständliches nuschelte. Ihr Gesicht war rot angelaufen und ihr Make-up komplett von den Tränen verschmiert. Sie wand sich am Boden, aber die Fesseln hielten sie davon ab, aufzustehen.

15

Vor einem Jahr

Corinne verließ Mosers Büro wie ferngesteuert. Ungläubig schaute sie zu Susi, die fleißig auf ihrer PC-Tastatur tippte. Vermutlich hatte sie Corinne noch nicht einmal bemerkt. Schließlich war in knapp drei Stunden Abgabetermin für die nächste Ausgabe, somit war jeder im Raum mit seinem eigenen Artikel beschäftigt, um das perfekte Ergebnis abzuliefern.

Die Gedanken in ihrem Kopf flogen umher und versuchten, das gerade Erlebte zu verarbeiten: *Wieso hat er das gemacht? Hat er wirklich recht damit, dass ich mich ihm hingegeben habe? Die Fotos, die er hatte, sahen verdammt echt aus. Und auch das Muttermal an meinem linken Oberschenkel war klar und deutlich zu sehen.* Es konnte keine Fälschung sein. Sie hatte sich ihm gestern an den Hals geschmissen. Aber warum erinnerte sie sich nicht mehr daran? Warum?

Dann fuhr es in ihren Körper wie ein Blitz. Sie stand keinen Meter von Mosers Bürotür entfernt – unfähig, sich weiterzubewegen, wie in Stein gemeißelt, weil eine schreckliche Erkenntnis sie traf. *Wie soll ich das bloß*

Christian erklären? Er wird mir niemals glauben, dass ich mich daran nicht erinnern kann. Wenn er die Fotos in die Hände kriegt, dann wird nichts mehr aus der geplanten Hochzeit. Nichts mehr aus einer gemeinsamen Zukunft. Dann werde ich eine alleinerziehende Mutter sein. Wieso habe ich ihm bloß nicht erzählt, dass ich gestern zu meinem Chef gefahren bin? Christian wird Moser glauben, dass ich und er ein Verhältnis haben. Er wird mich verlassen.

»Liebes, du bist ja leichenblass. Was ist denn los?«, sagte Susi und berührte sie am Unterarm.

Erst jetzt fand Corinne wieder in die Realität zurück. Sie schaute Susi direkt in die Augen und murmelte etwas Unverständliches vor sich hin. Dann rannte sie zu ihrem Schreibtisch, schnappte sich ihre Habseligkeiten und verschwand in Windeseile aus der Redaktion. Einfach nur raus hier. Weit weg von diesem Ekelpaket. *Aber wo soll ich denn jetzt hin? Nach Hause kann ich unmöglich.*

Sie stand vor dem Ausgang des Gebäudes auf dem Bürgersteig und schaute sich nach allen Richtungen um. Ein Schwall Übelkeit überkam sie, und sie hielt sich mit einer Hand an der Hausmauer fest. Vornübergebeugt atmete sie tief ein und aus, um den Schwindelanfall unter

Kontrolle zu bekommen. Da hörte sie Susis Stimme hinter sich.

»Liebes? Was ist denn bloß los mit dir? Bist du krank? Ich bringe dich nach Hause, okay?« Susi streichelte Corinne über den Rücken.

»Nein, nicht nach Hause, da sind Christian und meine Mutter. Ich kann derzeit beiden nicht unter die Augen treten.«

»Okay. Dann fahren wir zu mir. Dort mache ich uns einen Kaffee, und du erzählst mir, was los ist, ja? In diesem Zustand kann ich dich nicht allein lassen.« Susi hakte sich bei Corinne unter und zog sie mit sich zu ihrem Auto.

16

Vor einem Jahr

Susi spürte das Zittern von Corinnes Körper ganz deutlich und presste sie ein wenig dichter an sich heran. Der starre Blick. Die Unfähigkeit zu sprechen. Das Zittern. Was war bloß in Mosers Büro geschehen?

Susi beschloss, für den ersten Moment keine weiteren Fragen zu stellen, da sie derzeit sowieso keine Antworten bekommen würde. Nach ein paar Schritten waren die beiden bei Susis Auto angekommen, sie öffnete die Beifahrertür und ließ Corinne vorsichtig auf den Sitz gleiten. Als sie einstieg, sah sie, dass Corinne noch immer in der gleichen Position saß, in der sie sie hineingesetzt hatte.

»Liebes, du musst dich anschnallen. Sonst können wir nicht losfahren.«

Aber anscheinend kamen die Worte nicht bei Corinne an, denn sie rührte sich nicht. Susi zögerte kurz, ob sie nicht vielleicht doch einen Arzt holen sollte, denn ihr Zustand bereitete ihr allmählich Sorgen. *Ich nehme sie erst mal mit zu mir, dann sehen wir weiter. Einen Arzt kann ich immer noch rufen.* Susi seufzte kurz, lehnte sich über Corinne und zog den Sicherheitsgurt straff.

***

Susi stieg aus dem Auto aus. Der Nachhauseweg hatte gerade einmal eine Viertelstunde gedauert. Um diese Uhrzeit war auf den Straßen in Graz meist nicht viel los. Der Stoßverkehr setzte erst später ein. Während der ganzen Fahrt hatte Corinne kein einziges Wort gesagt, und auch Susi hatte geschwiegen. Ein paarmal hatte Susi zu Corinne geschaut, um sicherzugehen, dass mit ihr alles in Ordnung war.

Susi stellte ihr Auto rechts neben dem kleinen gelben Haus in der Einfahrt ab. Sie wohnte etwas außerhalb von Graz in einer ruhigen Wohngegend. Für Susi und ihren Lebensgefährten war es beim Kauf des Hauses wichtig gewesen, darauf zu achten, dass die Immobilie auch genug Gartenanteil besaß. Schließlich genossen es beide sehr, an der frischen Luft zu sein und Grillabende mit Freunden zu veranstalten.

Susi half Corinne beim Aussteigen, und die beiden gingen den kurzen gepflasterten Weg zum Haus entlang. An der Haustür hing ein weißes Herz. Susi nahm Corinne mit hinein und setzte sie auf das Sofa.

Corinne zitterte immer noch, mittlerweile stammelte sie völlig unzusammenhängende

Wortfetzen, mit denen Susi nichts anfangen konnte. »Christian ... Foto ... niemals wird er mir glauben ...«

Susi stand vor ihr und schaute auf ihre Hände, die den Gurt ihrer Handtasche fest umklammerten. So fest, dass die Knöchel weiß hervortraten. Vorsichtig streichelte sie über Corinnes Hand und redete beruhigend auf sie ein. Sie löste Corinnes Finger von dem Gurt und stellte die Tasche zur Seite. Dann setzte sie sich zu ihr.

»Liebes, ich verstehe kein Wort. Was ist denn bloß passiert? Erzähl mir alles. Ich bin doch für dich da.«

Doch anstatt einer Antwort begann Corinne zu schluchzen, und die Krokodilstränen bahnten sich ihren Weg über ihre Wangen. Susi wollte sie gerne in den Arm nehmen, doch Corinne wehrte sie sofort ab, ließ sich auf die Seite fallen und weinte in das Sofakissen hinein.

»Schhhhht. Lass alles raus. Wein dich zuerst einmal aus, und dann erzählst du mir alles.«

Nach wenigen Minuten hatte das Schluchzen aufgehört, nur das Schniefen blieb. Susi stand auf und ging in die Küche, um einen Tee und ein Glas Wasser zu holen. Als sie zurück ins Wohnzimmer kam, lag Corinne auf dem Sofa und schlief tief und fest.

17

Heute, morgens

Er dachte, es ist egal, wenn dieser grauslige Typ meine Freundin fickt. ER DACHTE, ES IST EGAL! Die Worte hallten in Christians Kopf wider.

Moser ließ seinen Kopf hängen und hatte die Augen geschlossen. Leonie schrie hinter dem Klebeband und wand sich auf dem Boden hin und her wie ein Fisch, der im Netz gefangen war und um sein Leben kämpfte.

Christian konnte im ersten Moment die Gefühle, die in ihm aufwallten, nicht einordnen. Mosers Worte hatten ihn wie ein Schlag ins Gesicht getroffen. Er konnte nicht fassen, was er eben gehört hatte. Er konnte nicht fassen, was mit Corinne passiert war. Seine Hände ballten sich zu Fäusten, und ein unbändiger Hass stieg in ihm auf. *Ich töte ihn jetzt. Jetzt sofort, und setze dem Ganzen ein Ende. Dieses verdammte ...!* Weiter kam er mit seinen Gedankengängen nicht, da es an der Tür läutete.

Moser machte diesmal keinerlei Anstalten, einen Laut von sich zu geben. Leonie erschrak bei dem Geräusch und drehte sich auf den Rücken, um einen Blick zur Tür zu bekommen. Ihre Augen starrten in den leeren Vorraum.

Es läutete nochmals. Christians Hände entspannten sich wieder. »Toll, ein neuer Gast. Ich bin schon so neugierig, wer nun vor der Tür steht«, säuselte er und öffnete wenige Momente später die Haustür.

Vor ihm stand Mosers Rechtsanwältin Christine Fleur. Christian war sich sicher – so wie *sie* aussah, musste sie es einfach sein. Sie trug ein schickes Kostüm mit schwarz-weißem Muster und Boots, die bis zum Knie reichten. Ihre Aktentasche hatte sie fest an ihren Körper gepresst. Sie öffnete gerade den Mund, schloss ihn aber gleich wieder, als sie sah, wer ihr gegenüberstand.

Christian packte sie an den Haaren und zog sie ins Innere des Hauses. Die Eingangstür fiel mit einem lauten Knall ins Schloss.

»Lassen Sie mich los!«, schrie Christine und versuchte, sich gegen Christian zu wehren. Doch er war ihr kräftemäßig weit überlegen und zerrte sie ins Wohnzimmer, wo er sie zu Boden stieß.

Sekunden später rappelte Christine sich wieder auf und wollte gerade aufstehen, da sagte Christian: »Hinsetzen und ruhig sein! Erst mal hörst du nur zu. Nicht mehr und nicht weniger.«

Christine setzte sich auf. Ihre Aktentasche lag einen Meter von ihr entfernt. Christian machte einen Schritt nach vorne und hob sie auf. Er nahm das Handy heraus und schaltete es aus. Dann durchwühlte er die Tasche, fand aber nichts Brauchbares, was ihm in irgendeiner Art und Weise auf der Suche nach Antworten weitergeholfen hätte. Er wandte sich wieder dem Sofa zu.

»So«, durchbrach er die Stille. »Also, liebe Frau Anwältin. Schön, dass Sie an unserer Party teilnehmen. Meine allererste Frage an Sie ist: Wo haben Sie die Pakete? Ich habe Ihnen doch geschrieben, dass Sie diese mitbringen sollen. Aber gut, zuerst werde ich Sie darüber aufklären, was Sie bisher versäumt haben. Ihr Mandant hat gerade zugegeben, meine Freundin unter Drogen gesetzt, sie ihrer Kleidung entledigt und obszöne Fotos von ihr geschossen zu haben. Besser gesagt – er hat Fotos schießen lassen von einem schmierigen Kerl, der Corinne vergewaltigt hat, nachdem Ihr Mandant seinen Schwanz in sie gesteckt hatte. Und warum Ihr Mandant das gemacht hat, soll er Ihnen mit seinen eigenen Worten erklären. Bitte schön, Herr Moser, Sie sind dran.«

»Ich habe sie vergewaltigt«, sagte Moser mit gesenktem Kopf. »Das stimmt. Und bin dann, als ich fertig war mit ihr, aus dem Zimmer und hab sie mit dem Typen allein gelassen.«

Christian hob drohend den Zeigefinger und schüttelte den Kopf. »Nein, nein, nein. Gib es so wieder, wie du es gerade vorhin gesagt hast.« Er sprang auf und ging auf die drei zu.

Sofort sprach Moser: »Ich habe den Kerl, der die Fotos gemacht hat, über Frau Heimgartner drüberrutschen lassen.«

Christian nickte. »Ja, und weiter? Was hast du noch gesagt?« Sein Blick ging zwischen Moser und der Rechtsanwältin hin und her wie bei einem spannenden Tennismatch.

»Dass es egal wäre, wenn der Typ sie fickt. Schließlich konnte sie sich am nächsten Tag an nichts erinnern.«

»So, Frau Anwältin, was sagen Sie denn dazu? Wie können Sie den Kopf Ihres Mandanten wieder aus der Schlinge ziehen? Es war ihm egal, dass der Typ Corinne seinen dreckigen Penis reinsteckt.«

Christine schaute ihm direkt in die Augen. »Ich habe damit nichts zu tun. Von diesem Vorfall wusste ich nichts. Sie müssen mir glauben.«

»Ja, ja, papperlapapp. Wer's glaubt, wird selig.

Ich will aber nicht selig sein. Ich werde in der Hölle schmoren für diese Party. Aber soll ich euch etwas sagen?« Christian ging zu Christine, zückte sein Messer und hielt es ihr an den Hals. »Es interessiert mich einen Scheiß, wo ich lande. Die Hauptsache ist, dass ihr alle mit mir kommt.«

Christine schluckte, und ihr Kehlkopf bewegte sich nahe an der scharfen Klinge vorbei. Christian spürte die Lust in sich aufkommen, einfach zuzustechen. Das Blut würde aus ihrem Körper herausspritzen, und Minuten später würde sie nur mehr eine leblose Hülle sein. Er musste sich zusammenreißen, seinem Drang nicht nachzugeben. Denn er hatte eine viel bessere Idee, die ihm in dem Moment gekommen war, als Leonie vor der Tür gestanden hatte.

18

Vor einem Jahr

Susi rief: »Es ist offen, komm rein.« Noch während Corinne geschlafen hatte, hatte Susi Christian informiert, dass er zu ihr kommen solle. Corinne war erst vor einigen Minuten wach geworden und saß heulend auf dem Sofa.

Christian stürmte sofort auf sie zu und nahm sie in den Arm. »Meine Süße, was ist denn bloß passiert?«, sagte er.

Corinne vergrub ihr Gesicht an seiner Brust.

»Ich kann es dir auch nicht sagen«, meinte Susi. »Als sie heute aus dem Büro vom Chef kam, war sie völlig fertig. Seitdem hat sie nicht wirklich gesprochen, bis auf einzelne Wörter.«

»Was hat sie denn gesagt? Vielleicht kann ich damit etwas anfangen.«

Christian hatte den Satz gerade erst zu Ende gesprochen, da löste sich Corinne aus der Umarmung und stemmte sich von seinem Oberkörper ab. Christian und Susi schauten sie mit verwundertem Blick an. Ihr Hirn war jetzt bereit, die Informationen an die Stimmbänder weiterzugeben. Sie öffnete den Mund, und es kam im ersten Moment nur ein Gekrächze heraus.

Corinne räusperte sich und schaute Christian tief in die Augen. »Er hat Fotos gemacht«, presste sie mühevoll hervor. Sie ließ ihn nicht aus den Augen und wartete auf seine Reaktion.

»Fotos? Was für Fotos? Wer hat Fotos gemacht? Wovon sprichst du?«

»Moser!«, antwortete Corinne, und die Tränen kullerten ihre Wangen hinunter.

»Schatz, bitte erzähl mir die ganze Geschichte. Ich habe keine Ahnung, wovon du sprichst.«

»Ich war gestern am Abend bei Moser in der Villa. Er hat mich zum Gespräch gebeten. Er muss mich betäubt haben. Und in diesem Zustand hat er Fotos von mir gemacht. Er wollte, dass ich meine Kündigung unterschreibe.«

»Du warst gestern bei deinem Chef und hast mir nichts davon erzählt?«

»Ja, weil ich nicht wollte, dass du eifersüchtig wirst. Bitte glaub mir. Er erpresst mich mit den Fotos.«

»Hat er dir etwas angetan?« Christian überlegte einen Moment, und seine Gesichtszüge verhärteten sich. »Fotos? Hast du eine Affäre mit ihm?« Sein Blick war zwar auf Corinne gerichtet, er schaute aber durch sie hindurch.

»Auf diesen Fotos ... da hatte er Sex mit mir ... aber ich kann mich nicht erinnern ... Ich wollte das doch nicht, das musst du mir glauben!«

»Du hast mich betrogen? Wie lange geht das schon so mit euch?« Christian ballte seine Hände zu Fäusten, sodass die Finger blutleer wurden.

»Aber, Christian, bitte beruhige dich doch. Corinne ist anscheinend vergewaltigt worden.« Susi versuchte, sich zwischen die beiden zu drängen.

»Wem willst du denn diesen Scheiß einreden? Sie hat mir von dem romantischen Treffen mit ihrem Chef absichtlich nichts erzählt. Und jetzt, nachdem er Fotos gemacht hat, will sie sich rausreden.« Christian trat einen Schritt von Corinne zurück.

Corinne konnte im ersten Moment nicht auf seine Worte reagieren. Sie hatte es ihm verheimlicht, und nun glaubte er ihr nicht. Als sie begriff, was dieser Fehler angerichtet hatte, übermannte sie die Verzweiflung und nahm ihren ganzen Körper in Beschlag. Vor ihren Augen erschienen schwarze Punkte, die ihr von einem Moment auf den anderen die komplette Sicht nahmen. Sie sank in sich zusammen und blieb reglos am Boden liegen.

Corinne spürte die Hände, die nach ihr griffen, und aus weiter Ferne drangen Susis Worte wie durch einen Wattebausch an ihr Ohr. »Christian.

Ruf sofort die Rettung!«

***

Susi saß an Corinnes Krankenbett und hielt ihre Hand. Der Arzt der Notaufnahme hatte bei der Einlieferung durch den Rettungswagen gemeint, dass sie Corinne zur Sicherheit über Nacht dabehalten wollen. Corinne hatte bereits im Krankenwagen das Bewusstsein wiedererlangt und konnte ihre Einwilligung im Krankenhaus selbst unterschreiben. Susi hatte während der ganzen Untersuchung, die Stunden gedauert hatte, Christian mit Anrufen und WhatsApp-Nachrichten bombardiert. Er war nach Corinnes Zusammenbruch aus ihrem Haus geflüchtet. Susi hatte auch Corinnes Mutter verständigt, die bereits auf dem Weg ins Krankenhaus war.

Am Anfang der Untersuchung war Susi mit dabei gewesen. Corinne hatte die vermeintliche Vergewaltigung nicht erwähnt. So ergriff Susi das Wort und erzählte es dem Arzt, der natürlich sofort alle Abstriche machte, um mögliche Spuren zu sichern. Corinne war das sichtlich unangenehm, sie ließ es aber wortlos über sich ergehen. Als der Arzt fragte, ob er die Polizei informieren solle, nickte Susi. Corinne starrte sie angsterfüllt an. Es dauerte einige Momente, bis sie auch zustimmte.

»Wie geht es dir?«, fragte Susi, nachdem Corinne ihre Augen wieder aufgemacht hatte. Der Arzt hatte ihr ein leichtes Beruhigungsmittel gegeben, und sie war für kurze Zeit eingeschlafen.

Corinne öffnete gerade ihren Mund, da klopfte es an der Zimmertür. Kurz darauf traten zwei gut gekleidete Männer ein. Einer der beiden hielt ihnen bereits seine Dienstmarke entgegen. Corinne sah ängstlich zu Susi.

»Mein Name ist Werner Halbtreu. Und das ist mein Kollege Winter. Wir wurden von der Klinik informiert, dass Sie Opfer eines Verbrechens geworden sind. Können Sie uns ein paar Fragen beantworten? Fühlen Sie sich dazu imstande?«

Corinne drückte Susis Hand ganz fest. »Ich … nein.« Ihre Mundwinkel zuckten, als sie sprach. »Ich habe nichts. Nur einen Kreislaufkollaps. Kein Verbrechen. Alles gut.«

»Aber, Corinne, bitte erzähle der Polizei doch, was du mir erzählt hast. Es ist wichtig. Du musst Moser anzeigen, sonst macht er das doch mit jeder.« Susi schenkte ihr ein aufmunterndes Lächeln.

Erst nach mehrmaligem Drängen gab Corinne nach und berichtete den Polizisten von dem Abend in Mosers Villa und der versuchten

Erpressung. Beziehungsweise davon, woran sie sich noch erinnerte. Die Polizisten notierten sich alles.

Nachdem für den ersten Moment alle Fragen geklärt waren und auch ein Termin für die Anzeige am nächsten Tag gegen Moser vereinbart wurde, verabschiedeten sich die Beamten. Halbtreu überreichte beiden seine Visitenkarte, die Susi in ihre Handtasche steckte. »Wenn Ihnen noch etwas einfällt, bitte lassen Sie es mich wissen.«

19

Vor einem Jahr

»Herr Moser? Ich bin Werner Halbtreu, und das ist mein Kollege Winter. Wir haben einen Durchsuchungsbeschluss für Ihr Büro, Ihr Auto und auch für Ihre Villa.« Der Polizist zeigte ihm das amtliche Papier.

»Was? Ich habe doch nichts gemacht. Was wird mir vorgeworfen?« Harald sprang von seinem Stuhl auf und plusterte sich vor den Polizisten auf wie ein Gockelhahn.

»Ihnen wird Vergewaltigung und Erpressung vorgeworfen. Ich ersuche Sie, mit uns auf die Wache zu kommen.«

Während Harald noch mit dem einen Polizisten sprach, sah der andere bereits in den Schränken nach. Er machte sich gerade an der Schreibtischschublade zu schaffen und holte mehrere Umschläge und Ordner heraus, die er ordentlich auf den Tisch legte.

»Mir wird bitte was vorgeworfen? Vergewaltigung? Das ist eine bodenlose Unterstellung! Wer behauptet das? Ich will sofort meinen Anwalt sprechen!«

»Wir können das auf der Wache besprechen. Zuerst werden wir hier alles durchsuchen. Ich bringe Sie zu unseren Kollegen, die bereits draußen auf Sie warten. Diese werden Sie aufs Revier bringen. Sie können von dort Ihren Rechtsanwalt anrufen, wenn Sie möchten.« Mit diesen Worten bugsierte Halbtreu Harald aus dem Büro und übergab ihn an den Kollegen, der am Lift wartete.

***

»Frau Fleur! Sie holen mich sofort und auf der Stelle hier raus!« Harald saß auf einem unbequemen Stuhl im Vernehmungsraum des Polizeireviers in Lieboch.

»Herr Moser«, sagte seine Anwältin. »Natürlich hole ich Sie hier raus. Bitte lassen Sie das meine Sorge sein. Ich werde die Herren jetzt wieder hereinbitten, damit Sie endlich gehen können.« Christine stand von ihrem Stuhl auf und klopfte an die Tür. Sekunden später öffnete sich diese, und die Polizisten traten ein. Christine nahm neben Harald Platz. Die Polizisten setzten sich den beiden gegenüber. »So, meine Herren«, begann Christine. »Mein Mandant hat nichts verbrochen. Die Anschuldigungen gegen ihn sind haltlos.«

»In Frau Heimgartners Genitalbereich wurden

eindeutig Spermaspuren nachgewiesen. Wenn Sie die Unschuld Ihres Mandanten beweisen wollen, dann sollte er seinen Speichel zur Verfügung stellen. Dann kann ein DNA-Abgleich erfolgen.« Halbtreu stellte das Röhrchen mit dem Tupfer für den Mundschleimhautabstrich auf den Tisch und schaute Christine in die Augen. Danach wanderte sein Blick zu Harald, und dort blieb er hängen.

»Natürlich mache ich den DNA-Test. Ich habe nichts Unrechtes getan. Sie werden schon sehen.« Harald öffnete seinen Mund, um zu demonstrieren, dass er zustimmte.

»Sie müssen das nicht machen, Herr Moser. Das ist Ihnen klar, oder?«

Harald kam es so vor, als ob in Christines Worten eine gewisse Angst mitschwang. »Ich habe nichts verbrochen. Mit wem Frau Heimgartner Sex hatte, weiß ich nicht. Mit mir auf jeden Fall nicht.«

20

Heute, morgens

Christian nahm das Messer von der Kehle der Anwältin. Sie starrte ihn an. Dann fesselte er sie mit dem Klebeband am Rohr des Heizkörpers.

»Liebe Frau Anwältin, es wird Zeit, dass Sie die Wahrheit sagen. Wo sind die Pakete? Wissen Sie ...« Er wedelte mit dem Messer wenige Zentimeter vor ihrem Gesicht hin und her. »Ich habe heute nicht wirklich Lust auf Ihre Spiele.«

Christine ließ die Klinge nicht aus den Augen, trotzdem schwieg sie hartnäckig.

Er setzte das Messer an ihrer Wange an. Das Blut wich sofort unter dem Druck zurück und hinterließ rund um die Klinge einen weißen Rand. »Soll ich? Sie mögen es ein wenig härter, nicht wahr? Ich zähle nun laut bis drei. Dann schneide ich, so weit mich das Messer schneiden lässt. Das kann bereits am Kiefer aufhören, oder ich schneide hinunter bis zum Hals. Das werden wir dann ja noch sehen. Sie sagen es einfach, wenn Sie bereit sind, mit mir zu sprechen, ja?« Anschaulich demonstrierte er mit dem Zeigefinger seiner anderen Hand den Weg, den das Messer auf ihrer Haut nehmen würde.

Christine wagte nicht, sich zu bewegen. Sie atmete hastig, und ihre Lippen bebten. Trotz allem sagte sie kein Wort.

»Eins.« Christian legte seinen Kopf schief, um ihr in die Augen schauen zu können. Als sich ihre Blicke trafen, schloss sie ihre Lider. Nochmals fuhr er mit seinem Zeigefinger den Weg auf ihrer Haut entlang, während er sprach: »Zwei.«

Christine hatte ihre Lippen fest aufeinandergepresst.

»Drei.« Er drückte die Schneide, so fest er konnte, in das Fleisch hinein, und sofort rann das Blut in Strömen. Der Schnitt klaffte auseinander.

»Stopp!«, schrie Christine.

Christian zog das Messer noch ein wenig weiter nach unten, und die Wunde vergrößerte sich. Das Blut floss ihm warm über die Hand.

»Stopp!«, schrie jetzt auch Moser.

Christian hielt inne, ließ aber das Messer an ihrer Wange verharren.

»Im Auto«, stammelte Christine kaum hörbar und versuchte, den Schmerz wegzuhecheln.

Christian zog das Messer zurück. »Und warum bringen Sie die Pakete nicht mit rein, so wie abgemacht, Frau Anwältin?« Er beugte sich zu ihr und schüttelte leicht seinen Kopf.

»Der Karton war zu schwer«, presste sie

hervor.

Christian zuckte zurück und schaute zwischen ihr und Moser hin und her. *Der Karton war zu schwer,* hallten ihre Worte in seinem Hirn nach. *Der Karton!* Es dauerte einige Momente, bis er verstanden hatte, was hier vor sich ging, und sich sein Hirn ausgemalt hatte, was damit gemeint war. Er nickte und zog eine Augenbraue nach oben, bevor er sprach. »Warum denn nicht gleich so? Dann hätte ich Ihr hübsches Gesicht nicht so verunstalten müssen.« Er fasste sie ans Kinn und drückte ihren Kopf nach oben, damit sie ihn ansah. »Ich lasse Sie mal für den ersten Moment in Ruhe. Zu Ihnen komme ich später wieder. Zuerst genießen Sie mal die Schmerzen, ja?« Er schenkte ihr ein süffisantes Lächeln, holte einen Streifen Klebeband und verschloss damit ihren Mund. Dann ließ er von ihr ab.

Christine rutschte mit dem Rücken am Heizkörper entlang und blieb auf der Seite liegen.

»Und nun wieder zu dir, Moser. Jetzt wirst du diesen Typen anrufen, der die Fotos gemacht hat. Du wirst ihn sofort in die Villa bestellen. Erzähl ihm einfach, du hast einen neuen Auftrag für ihn. Dann kommt er sicher gleich.«

»Das mache ich nicht. Das können Sie vergessen.« Moser hielt Christians Blick stand und starrte ihm entschlossen in die Augen.

Christian stellte sich vor ihm hin. »Dann gebe ich dir einen Einblick in Corinnes Leben, das sie im letzten Jahr geführt hat.« Christian wandte sich von Moser ab und verließ das Wohnzimmer. Er ging einige Schritte und war bereits in der Küche angelangt, als er das begehrte Stück direkt vor sich im Messerblock vorfand. Er nahm es heraus und bewunderte die scharfe Klinge des knapp zwanzig Zentimeter langen Küchenmessers. Das würde für die Demonstration reichen.

Als er wieder im Wohnzimmer ankam, rüttelte Moser an seinen Fesseln.

»Na, na, na. Wer wird denn gleich so ungeduldig sein?« Christian packte Leonie unter den Armen und zog sie in die Höhe. Sie erstarrte vor Schreck. Er zwang sie, mit ihren zusammengebundenen Füßen wie beim Sackhüpfen zu springen und ließ sie schließlich auf dem Wohnzimmertisch Platz nehmen. Christian schob ihren kurzen Rock hoch, und Leonies Schrei wurde vom Klebeband gedämpft. Er setzte das Messer auf ihrem Oberschenkel an. Leonie wagte es nicht, sich auch nur einen Millimeter zu bewegen.

»Hören Sie auf!«, schrie Moser. »Ich sage Ihnen doch alles. Ich rufe diesen Kerl an.«

Doch Christian war bereits zu sehr in seiner

eigenen Welt gefangen. Er zog einen Schnitt quer über ihren Oberschenkel, und Moser brüllte sich die Seele aus dem Leib. Auch Leonie schrie. Das erste Blut rann ihr Bein hinunter und tropfte auf den Marmorboden.

Christian stand auf und betrachtete sein Werk. Das Gebrüll um ihn herum hatte aufgehört. Leonie schluchzte, und Moser zerrte wieder an seinen Fesseln.

»Fühlst du dich jetzt erleichtert?«, fragte Christian Leonie.

Sie schaute ihn erstaunt an. Dann suchten ihre Augen den Blickkontakt zu ihrem Vater. Sie zögerte kurz, bevor sie nickte.

Christian schmunzelte. »Corinne hat mir das immer erzählt, dass es eine Art Erleichterung ist, sich zu ritzen. Ihr tat es gut, sich selbst wehzutun. Ich konnte ihr das nicht glauben, aber jetzt, wo du mir das auch bestätigst, bin ich froh, dass ich dir helfen konnte.« Noch während er sprach, zog er die Klinge wieder durch das Fleisch, nur wenige Zentimeter unterhalb der ersten Wunde. Ein erneuter Aufschrei, doch Christian sprach weiter, und es wurde schlagartig ruhig. »Corinne hatte viele solcher Schnitte. Lange Zeit hielt sie es vor mir geheim. Ich durfte sie nicht mehr anfassen oder nackt sehen seit einem Jahr. Doch eines Tages, mehr durch Zufall, erwischte ich sie dabei. Sie sagte mir, je mehr Schnitte sie mache, umso besser gehe es ihr. Und mach dir keine Sorgen, das verheilt wieder, und es bleibt nur eine Narbe.« Christian tätschelte Leonies Wange. Er drehte sich zu Moser um, dessen Gesichtsausdruck festgefroren war. »Bereit für das Gespräch?«

»Sie mieses Schwein! Warum haben Sie meiner Tochter das angetan? Ich habe doch gesagt, ich mache es.«

»In Drohbriefen kann man Forderungen unterstreichen. Das habe ich eben mit dem Messer bei deiner Tochter gemacht. Aber ich kann noch mal, wenn du das wünschst. Es ist deine Entscheidung!« Christian drehte sich erneut zu Leonie um, die panisch ihren Kopf schüttelte und versuchte aufzustehen.

»Nein, nein!«, rief Moser. »Geben Sie mir mein Handy. Ich rufe ihn an, okay?«

Christian nahm Mosers Handy vom Wohnzimmertisch. Moser sagte ihm die Nummer an, und Christian tippte sie ein. Noch bevor er Moser das Telefon ans Ohr hielt, sagte Christian: »Keine Tricks, sonst ist deine Tochter tot, klar?«

Moser nickte.

21

Vor einem Jahr

Corinne war am nächsten Morgen von Susi abgeholt worden, als man sie aus dem Krankenhaus entlassen hatte. Susi hatte ihr angeboten, die nächsten Tage bei ihr zu verbringen, da ihr Lebensgefährte geschäftlich unterwegs war. Christian war bereits seit gestern telefonisch nicht mehr erreichbar, und auch sonst hatte ihn von den gemeinsamen Freunden keiner mehr gesehen. Auch in ihrer gemeinsamen Wohnung in Seiersberg war er nicht aufgetaucht.

Heute stand der Termin im Polizeirevier an, um Corinnes Aussage schriftlich festzuhalten. Kommissar Halbtreu empfing die beiden bereits am Eingang und geleitete sie ins Innere des Gebäudes. Zusammen mit seinem Kollegen Winter setzten sie sich an den runden Tisch im Konferenzzimmer. Corinne hielt Susis Hand fest und sprach bis auf eine Begrüßung kein Wort.

Halbtreu schlug die Akte auf, die den Namen ›Heimgartner – Moser‹ trug. »So, Frau Heimgartner. Ich erzähle Ihnen nun den Stand der Ermittlungen. Wie Sie bereits wissen, wurden Spermaspuren und auch Rückstände eines Kondoms in Ihrem Genitalbereich gefunden. Laut Ihren Aussagen haben wir bei der Staatsanwaltschaft auf einen richterlichen Beschluss hin eine Hausdurchsuchung bei dem Verdächtigen Moser, Harald durchgeführt. Die Durchsuchung bezog sich ebenso auf seinen Arbeitsplatz und sein Auto. Wir haben etliche Umschläge in seinem Büro gefunden, aber keiner hatte einen für unsere Ermittlungen relevanten Inhalt.«

Corinne machte große Augen und sagte: »Wie meinen Sie das? Keine relevanten Inhalte?«

»Na ja, die Umschläge enthielten nur Geschäftspapiere oder dergleichen. Wir haben die besagten Fotos nicht gefunden.«

»Das kann nicht möglich sein. Er hat sie mir gezeigt. Ich habe sie doch selbst gesehen.« Corinne hob ihre Hände und zeigte ihm eine leere Handfläche, auf die sie demonstrativ mit dem Zeigefinger der anderen Hand pochte. »Hier hatte ich sie.«

»Ja, ich glaube Ihnen ja, Frau Heimgartner. Allerdings ist es ein Problem, wenn wir diese Beweismittel nicht bei Herrn Moser finden. Es gibt allerdings noch ein größeres Problem. Das Sperma, das in Ihnen gefunden wurde, ist laut DNA-Analyse nicht von Moser.«

Corinne verlor endgültig die Fassung und sprang von ihrem Stuhl auf. »Soll das heißen, ich lüge?« Sie zeigte mit ihrem zittrigen Finger auf ihren Brustkorb.

Susi stand ebenfalls auf und redete sofort auf Corinne ein, bevor Halbtreu etwas sagen konnte. »Nein, Liebes. So hat er das sicher nicht gemeint. Setz dich wieder und beruhige dich erst mal. Vielleicht ist es möglich, ein Glas Wasser zu bekommen?«

Der Kommissar nickte und verschwand aus dem Raum. Wenige Momente später kam er mit einem Glas Wasser zurück und stellte es auf den Tisch vor Corinne, die bereits wieder auf ihrem Platz saß und das Gesicht in ihre Hände vergrub. Susi streichelte ihr sanft über den Rücken. Halbtreu seufzte und schaute seinen Kollegen Winter an, der das Gespräch weiterführte.

»Frau Heimgartner, wir glauben Ihnen doch. Es muss etwas Schreckliches passiert sein. Allerdings haben wir im Moment keinerlei Beweise dafür – außer einer Spermaprobe von einem Unbekannten und den nachgewiesenen Spuren eines Kondoms. Das könnte natürlich auf ein geplatztes Kondom hindeuten ... oder aber auf eine zweite Person. Erinnern Sie sich daran, ob noch jemand im Raum war? Bitte, denken Sie genau nach.«

»Nein, ich erinnere mich nicht«, flüsterte Corinne mit gesenktem Kopf.

»Könnte das Sperma von Ihrem Freund, Herrn Christian Schmitz, stammen? Wann hatten Sie ...?«

»Nein, das kann nicht sein. Das ist schon länger her. Wir haben in letzter Zeit nicht oft ... Christian arbeitet viel, wissen Sie?«

»Wir werden Herrn Schmitz natürlich auch einem DNA-Test unterziehen«, sagte Winter. »Wir müssen jede Möglichkeit in Betracht ziehen. Genauso wenig konnten wir Betäubungsmittel in ihrem Blut oder im Urin nachweisen. Vermutlich wurden Ihnen K.-O.-Tropfen verabreicht. Die sind nur maximal zwölf bis vierzehn Stunden nachweisbar. Es war einfach schon zu lange her.« Winter machte eine Pause und schaute zu Corinne, die außer einem Schluchzen nichts von sich gab. Dann fuhr er fort: »Des Weiteren haben wir noch die Aussage ihres Arztes, dass es keinerlei Spuren gab, die auf eine gewaltsame, erzwungene Penetration hindeuten. Wobei er meinte, dass es in fünfzig Prozent der Fälle diesen Nachweis einer Vergewaltigung nicht gibt, besonders wenn Betäubungsmittel eingesetzt werden. Im Moment haben wir keine brauchbare Spur. Der Staatsanwalt hat bereits gesagt, dass er den Fall in der nächsten Woche einstellen wird, wenn es keinerlei Anhaltspunkte gibt.«

Corinne schaute bei dem letzten Satz auf. Sie schniefte und wischte mit ihrem Handrücken die Tränen von den Wangen. »Das kann nicht Ihr Ernst sein!«, stammelte sie, bevor ein Schluchzen ihr die Stimme raubte.

»Das heißt wirklich, dass Moser mit dieser Vergewaltigung durchkommt?«, mischte sich Susi in das Gespräch ein.

»Uns sind die Hände gebunden«, erwiderte Winter. »Wir lassen die DNA von dem gefundenen Sperma bereits durch unsere Datenbank laufen, aber bisher ohne Erfolg. Die Spurensicherung hat in Mosers Haus alles untersucht. Keinen Fingerabdruck, keine Hautpartikel oder Haare von Frau Heimgartner wurden gefunden. Die einzigen Abdrücke waren von Herrn Moser und seiner Frau.«

»Aber ich war doch dort!«, flüsterte Corinne. Sie schaute zwischen den beiden Kommissaren hin und her.

»Ja, aber dafür gibt es keinen Beweis. Sogar Ihr Auto hat laut Ihrer Aussage bei Ihrer Mutter zu Hause auf dem Parkplatz gestanden. Allerdings wissen Sie nicht mehr, wie es dort hingekommen ist, wenn ich mich recht erinnere.« Winter schaute in den Ordner, der vor ihm lag, um die Aussage, die er im Krankenhaus

113

aufgenommen hatte, nochmals zu bestätigen.

»Ja, allerdings habe ich Ihnen auch gesagt, dass mein Auto nicht wie üblich stand, sondern über zwei Parkplätze parkte, und der Schlüssel in meiner Handtasche und nicht wie sonst in der Schüssel auf der Kommode war. Und dass ich einen Filmriss habe von dem Zeitpunkt, als ich bei Moser auf dem Sofa saß.«

»Gut, aber das sagt nichts aus. Wir haben auch, wie Sie ja wissen, Ihr Auto kriminaltechnisch untersucht. Aber auch hier wurden keine fremden Spuren gefunden. Ich verspreche Ihnen, wir beide«, Winter zeigte demonstrativ auf sich und Halbtreu, »werden weiterermitteln. Wir werden herausfinden, was mit Ihnen passiert ist.«

»Wie wollen Sie das herausfinden, wenn ich es doch selbst nicht mal genau weiß? Ich habe doch nur die Fotos gesehen, die Sie nicht finden können.« Corinne hatte große Mühe zu sprechen, und ihre Stimme versagte bei einzelnen Worten fast vollständig.

»Ein weiteres Problem ist, dass Ihre Kleidung, die Sie am Tatabend anhatten, bereits von Ihrer Mutter gewaschen wurde. Somit sind darauf keine verwertbaren Spuren mehr zu finden.«

22

Vor einem Jahr

Heute in der Früh war Susi zur Arbeit gefahren,
aber nur um ein paar Unterlagen zu holen, damit
sie diese von zu Hause aus mit ihrem Laptop
bearbeiten konnte. Dazu ließ sich der Chef immer
überreden, sofern es nicht zu oft vorkam und
auch die von ihm gewünschten Ergebnisse
geliefert wurden. Susi war erst fünf Minuten
außer Haus, da klingelte es an der Haustür.

Corinne wusste, dass Susi auf eine
Buchlieferung wartete, sie ging zur Tür und
öffnete sie. Allerdings sah sie niemanden. Als sie
einen Schritt hinaustrat, berührte sie mit ihren
Zehenspitzen ein Paket, das auf der Türmatte
lag. Sie hob es auf und stellte es in den Vorraum.
Auf dem bunten Packpapier stand ihr Name
geschrieben. ›Für Corinne!‹ Ihr fiel im ersten
Moment nur Christian ein, der wusste, wo sie
war, da sie ihm bereits oft genug geschrieben
hatte. Oder ihre Mutter? Aber warum sollte sie
ihr ein Paket schicken?

*Christian hat wohl ein schlechtes Gewissen,
dass er überreagiert hat, und traut sich jetzt*

deswegen nicht, mir in die Augen zu schauen. Sie ließ von dem Paket ab, stellte sich hinaus ins Freie und sagte laut: »Ich mache es jetzt auf. Du kannst aus deinem Versteck kommen, ich verzeihe dir.« Sie wartete, ob sie hinter einem Gebüsch ein Rascheln hörte oder vielleicht einen Schatten sah oder eine andere Reaktion kam. Nichts geschah. Sie war sich aber sicher, beobachtet zu werden.

Ein eigenartiges Gefühl begleitete Corinne, als sie sich umdrehte, der Tür einen Schubs gab und sich ins Wohnzimmer verzog.

Sie öffnete das Paket. Darin sah sie als Erstes ein weißes Blatt Papier. Darauf hatte jemand Buchstaben geklebt, die aus einer Zeitung ausgeschnitten worden waren:

›*Wenn du deine Anzeige nicht zurückziehst, wird dir Schlimmes widerfahren. Keine Polizei!*‹

Noch während sie die Botschaft las, zog sich ihr Brustkorb krampfhaft zusammen, und ihr Pulsschlag pochte in den Ohren. Und dann sah sie es. Sie stieß einen spitzen Schrei aus und sprang mit einem Satz auf, sodass das Paket mitsamt seinem Inhalt auf dem Boden landete. Corinne stand auf der Sitzfläche des Sofas und starrte entgeistert auf ihr Geschenk. Der abgetrennte Kopf einer Ratte schaute ihr entgegen. An dem einen Auge war ein rosa Post-it mit einer Stecknadel befestigt. Darauf war in Großbuchstaben ihr Name geschrieben.

Es dauerte Minuten, bis sie den Blick von dem Rattenkopf abwenden konnte und vom Sofa stieg. Sie zog ihr Handy aus der Hosentasche und wählte die 112.

»Notrufzentrale. Wo ist Ihr Standort?«

»Ich bin in der Bischofeggerstraße in Tobelbad«, stotterte Corinne ins Telefon, während sie das Wohnzimmer verließ. Sie machte einen großen Bogen um das offene Paket.

»Was für Hilfe brauchen Sie?«, fragte die freundliche männliche Stimme am anderen Ende der Leitung.

»Die Polizei. Kommissar ... irgendwas mit ›treu‹ war es, glaub ich ... Scheiße, ich hab mir seinen Namen nicht gemerkt. Der andere hieß ...« Corinne war bereits an der Garderobe angelangt und holte ihre Jacke vom Kleiderständer.

»Sie meinen Kommissar Winter und Kommissar Halbtreu?«, fragte die Stimme am Telefon. »Was ist passiert?«

»Ich habe eine Drohung erhalten. Die beiden sollen schnell kommen, ja?«

»Ich werde die Kommissare sofort informieren

und Ihnen den nächsten Streifenwagen in Ihrer Nähe vorbeischicken. Die Kollegen sind in ein paar Minuten bei Ihnen vor Ort. Bitte behalten Sie die Ruhe und bleiben Sie im Haus, bis die Kollegen bei Ihnen eintreffen.«

»Ja, bitte beeilen Sie sich«, sagte Corinne noch, dann legte sie auf. Sie war bereits an der Haustür, schmiss sich ihre Jacke über und steckte das Handy in die Jackentasche. Keine zehn Pferde konnten sie in diesem Haus mit dem Rattenkopf noch halten. Sie wollte einfach nur raus. Weg von diesem abartigen Geschenk.

Gerade als sie auf die Türmatte trat, bog ein schwarz gekleideter Mann mit einer Sturmmaske auf dem Kopf um die Ecke, rannte auf sie zu und schubste sie zurück ins Haus. Ein zweiter Mann, der ein paar Schritte hinter dem ersten war, schmiss die Haustür ins Schloss. Er war schmächtiger als der andere. Corinne verlor das Gleichgewicht und stürzte mit voller Wucht auf den Boden.

Der erste Mann schrie sie an: »Kannst du nicht lesen? Keine Polizei!« Er holte aus und schlug ihr mit der Faust mitten ins Gesicht. Ihr Kopf knallte auf die Fliesen, und der Geschmack von Blut breitete sich in ihrem Mund aus. Der zweite Mann trat sie in den Bauch.

Ein einziger Gedanke manifestierte sich in ihrem Kopf. *Mein Baby. Oh mein Gott, mein Baby.*

Gerade als sie schützend ihre Hand auf den Bauch legen wollte, trat der erste ebenfalls zu, und ein stechender Schmerz durchbohrte ihren Körper, der sie kurze Zeit nicht mehr atmen ließ. Der schmächtigere Mann musste an ihr vorbeigehuscht sein, denn sie konnte ihn nirgends entdecken. Sie blinzelte vorsichtig und sah den ersten Mann in Schwarz über sich stehen. Er schaute Richtung Wohnzimmer. »Jetzt mach endlich!«, rief er dem anderen zu. »Die Bullen werden gleich hier sein.«

Einen Augenaufschlag später war der andere Mann mit dem Paket in der Hand wieder im Vorraum. Aus der Ferne hörte Corinne schon die Sirenen. *Die Rettung naht!*

Der erste Mann trat erneut zu, fester als zuvor. Corinne drehte sich auf die Seite und rollte sich zusammen wie ein Embryo.

Der Mann beugte sich zu ihr herunter. »Kein Wort zur Polizei. Ansonsten bist du das nächste Mal tot. Haben wir uns verstanden?«

Corinne wimmerte nur, nickte aber. Dann verschwanden die beiden aus der Haustür, so schnell wie sie gekommen waren.

23

Heute, vormittags

Christian hörte das Klopfen an der Tür. Er schaute auf die Uhr und stellte fest, dass gerade einmal zehn Minuten seit Mosers Anruf vergangen waren.

»Ist der Typ geflogen, oder was?« Christian schaute zu Moser, der nur mit den Schultern zuckte.

Als Christian die Haustür aufmachte, stand ein schlaksiger Typ mit einem schmierigen Lächeln im Gesicht vor ihm. Christian musste sich sehr bemühen, auch ein Lächeln zur Begrüßung zustande zu bringen. Galant wies er ihn mit einer schwungvollen Handbewegung an, hereinzukommen, woraufhin der Mann in den Vorraum trat und Christian die Haustür wieder schloss. Sein Puls war auf hundertachtzig. Als er sich wieder zu dem Typen umdrehte, hatte er sofort das Bild von Corinne im Kopf: Sie lag nackt auf dem Sofa, und der dreckige Kerl steckte seinen widerwärtigen Schwanz in sie.

»Bitte schön, Herr Moser wartet im Wohnzimmer auf Sie«, sagte Christian und zeigte mit der flachen Hand auf die angelehnte Tür. Der Mann drehte sich um, und Christian nutzte die Gunst der Stunde und trat ihm in die Kniekehle, sodass der Mann Sekunden später auf dem Boden lag. Sofort schnappte sich Christian das Klebeband und fesselte ihm die Hände.

Erst Momente später wagte der Mann zu sprechen. »Was ist denn hier los? Was wollen Sie denn von mir? Wo ist Herr Moser?«

»Klappe halten!«, sagte Christian forsch. Er stellte sich wieder aufrecht hin und zog auch den Mann zuerst auf die Knie und dann in eine senkrechte Position. Der Typ war gute fünfzehn Zentimeter kleiner als er selbst und wog vielleicht die Hälfte von ihm. Christian stieß die Tür zum Wohnzimmer mit dem Fuß auf, und drei Augenpaare schauten die beiden an. Dann schubste Christian den Mann in den Raum, und dieser blieb einige Schritte von ihm entfernt stehen. Er sagte kein Wort, er schaute in die Gesichter der anderen Anwesenden, die ihm anscheinend seine Fragen, die er sich stellte, telepathisch beantworten sollten.

»So«, sagte Christian und schaute in die Runde. »Wir scheinen vollzählig zu sein. Da du aussiehst wie ein Kevin, werde ich dich Kevin nennen. Klar?«

Kevin wollte etwas sagen, doch Christian

erhob seinen Zeigefinger und flüsterte ein »Pssssscht«. Daraufhin schloss Kevin seinen Mund wieder.

»Also, Kevin, dein besonderer Freund hier«, sagte Christian und deutete mit einem Nicken in Richtung Moser, »hat mir verraten, dass du Spaß mit meiner Verlobten hattest.«

Kevin kratzte sich im Schritt und starrte ihn auch Sekunden später noch mit großen Augen an. Er hatte anscheinend noch immer nicht begriffen, worum es ging.

»Du hattest Sex mit meiner Freundin!«, schrie Christian. »Mit meiner Verlobten, du widerliches Dreckschwein! Unter Drogen habt ihr sie gesetzt. Und du hast es ausgenutzt, dass sie breitbeinig da lag und sich nicht wehren konnte. Du hast sie vergewaltigt! Du hast sie mit deinem ekelhaften Samen beschmutzt!«

»Die Schwarzhaarige war deine Freundin?«, sagte Kevin und schaute zuerst Christian an und dann Moser, der gleich darauf seinen Blick auf den Boden senkte.

»Schwarzhaarige?«, fragte Christian. »Welche Schwarzhaarige? In wie viele hast du deinen Schwanz reingesteckt? Mit wie vielen Frauen habt ihr das schon abgezogen?« Er rannte zu Moser und zog ihn an seinen Haaren hoch, sodass er Christians Blick nicht mehr ausweichen konnte. »Wie viele?« Christian kam ganz nah Mosers Gesicht heran. Am liebsten hätte er ihn angespuckt. Er empfand nur mehr Verachtung für ihn. Verachtung und rotglühenden Hass.

»Ich weiß es nicht«, meinte Moser.

»Was heißt, du weißt es nicht?«, sagte Christian. »Du wirst doch wohl noch wissen, über wie viele Frauen du drübergerutscht bist. Und sie dann diesem Sandler überlassen hast.«

Moser murmelte sich etwas in seinen Bart.

Christian verstand kein Wort. Er krallte seine Finger fester in Mosers Haare und zog den Kopf weiter nach oben. »Was?« Christian fühlte sich wie eine tickende Zeitbombe, die jeden Moment in die Luft gehen könnte. Sein rasender Puls war der herunterzählende Countdown.

»Viele.« Moser versuchte, seinen Blick von ihm zu nehmen, doch Christian umklammerte Mosers Kopf, sodass er ihn wieder anschauen musste.

»Dann war Corinne nicht die Einzige, die du erpresst hast, oder wie? Alle Frauen wurden auch von diesem Individuum vergewaltigt? Sind alle von dir hinterher bedroht worden? Zusammengeschlagen worden? Halb totgeprügelt worden?«

»Nein, die meisten haben keine Anzeige erstattet. Aus Angst, aus Scham. Keine Ahnung. Das mit Ihrer Freundin tut mir leid. Auch das, was hinterher geschah. Es tut mir leid!« Moser schrie den letzten Satz Christian mitten ins Gesicht.

Christian lachte laut auf und ließ ihn los. Er lachte noch immer, als er bereits zwei Schritte von Moser zurückgewichen war. »Habt ihr das alle gehört?«, fragte er und schaute zuerst zu Leonie, die völlig die Fassung verloren hatte und laut schluchzte. Dann blickte er zu Christine, die ihren Kopf senkte. Dann schaute er zu Kevin, der noch immer an der gleichen Stelle mitten im Wohnzimmer stand. Christian brauchte einen Moment, um sich zu fangen und einen halbwegs klaren Gedanken fassen zu können. »Wen hast du noch alles geschmiert, damit er dir hilft? Diesen Kretin da, deine Anwältin ... Wen noch? Sprich endlich, du Stück Scheiße! Wer hat dir noch dazu verholfen, dass du freikommst?«

Moser räusperte sich. »Die Richterin.«

»Was?«, brüllte Christian ihn an.

»Die Richterin«, wiederholte Moser etwas lauter.

»Du hast die Richterin geschmiert? Ich fasse es grad nicht. Ihr habt alle unter einer Decke gesteckt? Freunderlwirtschaft betrieben? Ihr seid ... nein, ich finde grad keine Worte für euch.« Christian legte die Hände auf das Gesicht und drehte sich einmal im Kreis.

Das kann doch alles nicht wahr sein. Kein Wunder, dass dieser Fall nicht zu gewinnen war, wenn alle gemeinsame Sache machen.

Christian schaute zu Leonie, die noch immer auf dem Wohnzimmertisch zusammengekauert saß. Ihr Oberkörper war leicht nach vorne gebeugt, und durch ihr weit ausgeschnittenes Top hatte man freie Sicht auf ihr Dekolleté. Allerdings interessierte Christian sich nicht für ihren Busen. Aber der Anblick brachte ihn auf eine grandiose Idee, die er natürlich sofort umsetzen wollte. Ein Lächeln huschte ihm über das Gesicht, als er alles vor seinem geistigen Auge wie einen Film ablaufen ließ.

»Dann wollen wir mal!« Christian rieb sich die Hände.

Alle Anwesenden im Raum schreckten hoch.

»So, als Allererstes werden wir dich, Kevin, mal mundtot machen. Du hast nichts mehr zum Mitteilen. Jedenfalls nichts, was mich interessiert.« Christian trat auf Kevin zu, der einen Schritt zurückwich und mit dem Rücken an den Fernseher stieß.

»Bitte nicht. Tun Sie mir nichts. Ich habe nur gemacht, was er gesagt hat.«

Christian klatschte ihm das Klebeband auf den Mund.

24

Vor 3 Wochen

Susi schaute von ihrem Schreibtisch aus zu der schwarzhaarigen neuen Redakteurin, die auf Corinnes ehemaligem Platz saß. Erst vor wenigen Tagen hatte sie Susi von ihren zwei kleinen Kindern erzählt und dass sie gerade mitten in einem Sorgerechtsprozess steckte. Allerdings vermutete man bei ihrer schlanken Figur nicht, dass sie überhaupt eine Schwangerschaft gehabt hatte.

Vor fünf Minuten hatte der Chef mal wieder durch das gesamte Büro gebrüllt, sodass alle noch vertiefter auf ihre Monitore blickten als zuvor. In den letzten Monaten war es hier wie im Hühnerstall gewesen. Ein ewiges Kommen und Gehen. Auch Susi hatte sich bereits nach einem neuen Job umgesehen. Ihre Chancen standen gut, sie war aufgrund ihrer Erfahrung auch bei anderen Verlagen sehr gefragt. In den nächsten Tagen musste sie sich entscheiden, wo sie in Zukunft arbeiten würde. Denn der Plan, den sie sich mit Christian zusammen ausgeklügelt hatte, war nicht so aufgegangen wie erhofft. Die

Richterin hatte aufgrund der Fragen ein Interview abgelehnt. Somit ließen sich auf diesem Weg keine Beweise finden, und auch sonst fand Susi nichts Ungewöhnliches, was Harald Moser in irgendeiner Art belasten konnte. Sie schnüffelte überall herum, sogar ihre Freundin in der Buchhaltung hatte sie dazu überredet – natürlich unter einem Vorwand –, einen bestimmten Beleg zu suchen und in den Büchern nachzusehen.

Deshalb hatte sie sich entschieden, der Redaktion den Rücken zuzukehren. Denn nur einen cholerischen Chef zu haben, reichte nicht für eine Anzeige.

Die neue Kollegin, die ihr Chef gerade zum Rapport gebeten hatte, schlich mit gesenktem Haupt in sein Büro. Sie war heute außerordentlich blass gewesen in der Früh. Susi hatte mehrere Vermutungen, woran das lag. Eine davon war ihr übermäßiger Alkoholkonsum. Susi war bereits mehrmals ihre Alkoholfahne aufgefallen – jedes Mal, wenn ihre Kollegin aus der Mittagspause zurückkam. Und das wirkte sich eben auch auf die Arbeit aus. Denn wirklich gut schreiben konnte sie nicht. Aber zumindest war sie in ihren kurzen Röcken und knappen Outfits für den Chef und die männlichen Kollegen hübsch anzusehen.

Trotz der geschlossenen Tür verstand man jedes Wort, das im Büro gesprochen wurde. Susi versuchte, sich auf ihren neuesten Artikel zu konzentrieren, da wurde die Bürotür mit einem lauten Knall zugeschmissen. Ihre Kollegin lief durch den Redaktionsraum und verschwand im Lift. Susi schaute auf den leeren Arbeitsplatz neben ihrem. *Das ist schlecht, ihre Tasche ist noch hier. Das heißt, sie muss wieder hier reinkommen. Soll ich sie ihr bringen? Dann könnte sie zumindest für heute nach Hause gehen.*

»Frau Barlang, bringen Sie das sofort zur Post! Es sind wichtige Dokumente, die auf der Stelle verschickt werden müssen. Kümmern Sie sich darum!«

Susi erschrak, als ihr Chef plötzlich neben ihr stand und ein Kuvert vor sie auf den Tisch knallte. Sie war noch völlig in Gedanken versunken, wie sie ihrer Kollegin bloß helfen könnte.

Susi nahm das Kuvert an sich. »Natürlich. Ich kümmere mich sofort darum.« Sie stand von ihrem Platz auf, schnappte sich ihre Handtasche und die ihrer Kollegin und verließ die Redaktion.

25

Heute, vormittags

Christians Handy vibrierte in seiner Jackentasche. Das war mit Sicherheit schon der zehnte Anruf, den seine Schwiegermutter unternahm. Er schaute jedes Mal aufs Display, auf dem ihr Name erschien, allerdings hatte er nicht den Mut abzuheben. Er wusste nicht, was er ihr sagen sollte.

Die schrecklichen Bilder in seinem Kopf zwangen ihn dazu, weiterzumachen. Den Weg zu gehen, den er heute in der Früh eingeschlagen hatte. Sein Versprechen zu halten.

Sein Handy war längst wieder verstummt, trotzdem starrte er noch wie gebannt darauf. Mit dem Telefon in der Hand trat er Moser einen Schritt entgegen. »Wie ist die Nummer der Richterin?«

»Ich habe keine Nummer von ihr«, entgegnete Moser. »Das hat alles Frau Fleur mit ihr geregelt. Ich habe ihr den Umschlag mit dem Geld gegeben, und sie hat ihn an die Richterin weitergeleitet.«

Christian schaute zu Christine, die ihren Kopf

hob, als ihr Name erwähnt wurde. »Dann eben zu dir«, sagte Christian, schritt zu Christine und riss ihr mit einem Ruck das Klebeband vom Mund.

Sie ließ einen kurzen Schmerzensschrei über ihre Lippen huschen, beherrschte sich dann sofort wieder und bewegte ihren Unterkiefer.

»Also? Nummer!« Christians Zeigefinger schwebte bereits über dem Handydisplay.

Nach einem kurzen Zögern sagte Christine ihm die Nummer an.

Christian tippte sie ein und drückte die grüne Taste. »Wie heißt die Richterin?«, fragte er, und als Christine nicht sofort antwortete, trat er sie mitten in den Brustkorb. Daraufhin hörte er ein lautes Knacken.

Nach einem Aufstöhnen sagte sie abgehackt: »Richterin Kirsten Klauß.«

Eine weibliche Stimme meldete sich gleich darauf am Telefon: »Bezirksgericht Graz-Ost. Vermittlung.«

»Richterin Kirsten Klauß bitte.« Christian versuchte, ruhig zu bleiben, aber die klassischen Klänge der Warteschleife unterstützten ihn dabei nur mit mäßigem Erfolg. Allein die Vorstellung, dass auch die Richterin, die über Menschenleben entschied, mit Geld zu bestechen war, brachte sein bisheriges Denken über Gerechtigkeit völlig aus der Bahn. *Es ist eben, wie es ist. Wir alle sind Huren. Uns alle kann man kaufen, wenn der Preis stimmt. Okay, fast alle.*

»Klauß?«

»Ich weiß, was Sie getan haben«, presste er hervor.

»Ich weiß nicht, wovon Sie sprechen. Sie haben sich ...«, sagte die Richterin und wurde mitten im Satz von Christian unterbrochen.

»Sie haben Geld angenommen, um einen Freispruch zu fällen. Sie haben einen Vergewaltiger auf freien Fuß gesetzt. Sie kommen sofort und auf der Stelle zur Villa von Harald Moser. Sollten Sie nicht in einer halben Stunde hier sein, werde ich alles an die Presse weitergeben. Und Sie bringen das Geld mit, das sie bekommen haben.«

»Aber ich ... woher ...?«

»Es ist egal, woher. Eine halbe Stunde haben Sie Zeit. Und keine Sekunde mehr. Habe ich mich klar und deutlich ausgedrückt?« Er wartete nicht auf ihre Antwort, sondern beendete das Gespräch. »So, und nun zu euch.«

In diesem Moment klingelte Christians Handy. Diesmal kein Anruf, sondern eine WhatsApp-Message, was ihm der Klingelton verriet.

»Dieses depperte Handy. Immer und überall

erreichbar sein«, schimpfte er noch, während er die Nachricht öffnete. ›*Susi hat eine Sprachnachricht geschickt*‹ prangte auf dem Display. Christian seufzte. *Natürlich. Meine Schwiegermutter hat in ihrer Verzweiflung Susi angerufen. Klar. Da hätte ich auch selbst draufkommen können.*

Christian hörte sich die Nachricht nicht an, sondern tippte ihren Namen in seinem Telefonspeicher an. Das Handy wählte.

»Christian!«, meldete sich Susi. »Ich weiß gar nicht, wie ich dir …«

»Ich weiß Bescheid«, unterbrach er sie. »Ich war da.«

»Wieso gehst du nicht an dein Telefon? Wo bist du?«

»Komm zu mir. Versprich mir, dass du mit niemandem darüber sprichst, okay?«

»Wo bist du?«

»Versprich es mir, Susi.«

»Ja, ich verspreche es. Was ist denn los?«

»Ich bin bei Moser in der Villa. Nimm dein Aufnahmegerät mit. Ich habe die Story des Jahres für dich. Ach, was rede ich – die Story des Jahrhunderts.«

»Bitte? Wo bist du?« Susi betonte jedes einzelne Wort.

»Bei Moser in der Villa.«

»Christian! Bitte mach nichts Unüberlegtes, bis ich da bin. Ja?«

»Nein, nein. Ich warte, bis du da bist. Hier haben dir einige Menschen etwas zu sagen.«

»Wie? Einige Menschen? Christian, bitte! Du wirst dafür ins Gefängnis kommen. Bitte lass das.«

»Ach, ich habe nichts mehr zu verlieren. Mein Leben ist nichts mehr wert.«

Im Hintergrund hörte Christian bereits die Schlüssel klimpern und Geräusche, die anscheinend von Susis Schuhen stammten, die über den Boden rannten.

Susi keuchte ins Telefon: »Ich bin gleich da. Gib mir ein paar Minuten. Christian, ich flehe dich an. Bitte denk nochmals darüber nach, bevor du etwas machst, ja?«

»Ja, ich habe darüber nachgedacht. Aber ich verspreche dir, ich werde warten, bis du da bist.«

26

Vor einem Jahr

Corinne starrte an die weiße Decke. Die Krankenschwester war gerade aus dem Zimmer gegangen und hatte sie mit ihren eigenen Gedanken wieder allein gelassen. Bei der heutigen gynäkologischen Untersuchung war festgestellt worden, dass sie Chlamydien hatte. Die hatte sie sich nur durch Sex einfangen können.

Einige Stunden hatte sie nur geweint und war nicht fähig gewesen, ein einziges Wort zu sprechen. Auch ihre Gedanken schwirrten wirr im Kopf umher. Erst seit ein paar Tagen hatten Christian und sie gewusst, dass sie Eltern werden würden. Eltern von einem Baby, das sie in ihrem Bauch getragen hatte. Das in ihr heranwachsen sollte. Das sie lieben und umsorgen konnte. Auf dem Ultraschallbild, das sie vom Frauenarzt bekommen hatte, war es ganz winzig abgebildet gewesen. Christian scherzte noch bei dem Bild, weil er meinte, das sehe eher einer Maus ähnlich als einem Baby. Sie hatten beide gelacht. Und jetzt? Jetzt war alles vorbei!

Als die Polizei endlich bei Susi zu Hause eingetroffen war und Corinne auf dem Boden liegend vorgefunden hatte, waren die Täter bereits fort gewesen. Obwohl sofort eine Suche eingeleitet wurde, war diese bisher ohne Ergebnisse verlaufen. Corinne hatte bereits beim ersten Tritt gespürt, dass sich in ihrem Körper etwas veränderte. Etwas war gestorben. Ausgelöscht. Getötet von einem Mann, der sich für Geld alles kaufen konnte und der über Leichen ging. Und jetzt auch tatsächlich einen Menschen, einen unschuldigen Fötus, getötet hatte. Wer sonst hätte ihr diese Drohung schicken sollen?

Ach ja, die Drohung. Das Paket, das sie angenommen hatte, war fort mitsamt den Spuren, die es in sich trug. Kein Beweis lag vor, dass ihr jemand gedroht hatte. Und ob ihr die Kommissare glauben würden, war eine andere Sache. Am liebsten hätte sie laut losgeschrien, ihren Schmerz aus ihrer Seele gebrüllt. Aber was hätte das gebracht? Es hätte weder ihren Körper noch ihre Seele wieder heile gemacht. Geschweige denn das Baby von den Toten wiedererweckt. Von den Toten wiedererweckt. Allein der Ausdruck, der Gedanke, das Gefühl, das diese vier kleinen Worte ihn ihr auslösten, widerte sie an. Ja, genau. Es war widerlich.

Und ich bin selbst an dem Ganzen schuld. Schuld an den Fotos, die von mir gemacht wurden. Schuld an der Vergewaltigung. Schuld an den Schlägen und den Tritten. Schuld daran, dass Christian nicht mehr an meiner Seite ist. Schuld, dass das Baby nicht mehr in mir ist. Nicht einmal sehen durfte ich das kleine Wesen. Der Arzt hatte es verboten und sie mit Beruhigungsmitteln niedergespritzt. Vielleicht hatte der Arzt recht, und sie sollte wenigstens mit dem Psychologen sprechen. Aber was würde das bringen? Konnte er die Zeit zurückdrehen und alles ungeschehen machen, wenn sie mit ihm darüber sprach? Nein, das konnte er nicht. Vom Reden würde weder das Baby noch Christian zurückkommen.

Durch ihre eigene Schuld. *Meine Schuld. Meine eigene Schuld.* Immer und immer wieder hämmerten sich diese Worte in ihr Hirn und meißelten sich in die Synapsen ein. *Wird Christian mir jemals verzeihen? Wird er jemals wieder zu mir zurückkehren? Zu einer Frau, die sich von ihrem Chef vergewaltigen ließ? Die das gemeinsame Baby verloren hat?* Es hatte in ihrer Verantwortung gelegen. Nur sie allein war verantwortlich für das Baby und war unachtsam gewesen. Nun musste sie den hohen Preis dafür bezahlen.

Ein kalter Schauer zog durch ihre Venen, sie nahm ihren Blick von der Decke und schaute auf ihren Unterarm. Sie stellte fest, dass eine Hand auf ihrer lag. Eine Hand, die sie kannte. Besonders den kleinen Finger, der im Gegensatz zu den anderen Fingern leicht verbogen war. Am Anfang ihrer Beziehung hatte sie ihn oft damit geneckt.

Irgendwo, weit von ihr entfernt, hörte sie die Stimme. Eine Stimme, die ihr vertraut war. Doch sie war zu weit weg, als dass sie irgendetwas verstand. Aber es mussten warme Worte sein, denn sie spürte diese Erleichterung, die ihren ganzen Körper mit sich riss, als sie der Melodie dieser Stimme lauschte. Sie starrte wie gebannt auf die Hand, die sich nicht bewegte. Wie festgewurzelt lag sie da und rührte sich nicht. An ihrer Hand angewachsen. Miteinander verbunden. *Für immer,* hatte er ihr versprochen. Wann war *für immer* beendet? Sobald er die Wahrheit wusste? Sobald er wusste, dass sie schuld daran war? Nur sie allein? War dann *für immer* vorbei?

27

Heute, vormittags

Christian war nach dem Telefonat mit Susi aufgewühlt. Die Bilder der vergangenen Nacht waren präsenter als zuvor. Dazu kamen die neuen Erkenntnisse, die er in den letzten Stunden gewonnen hatte. All das brachte sein Hirn dazu, nicht mehr rational zu arbeiten, sondern er handelte nur mehr nach Bauchgefühl. Etwas Kaltes, Dunkles, das aus seinem tiefsten Inneren nach oben kroch, meldete sich zu Wort: *Töte sie alle!*

Christian zog das Küchenmesser aus seinem Gürtel. Er schaute auf Leonies Oberschenkel. Die Wunden hatten bereits aufgehört zu bluten, und es hatte sich eine Kruste gebildet.

Seitdem er Leonie ins Haus gelassen hatte, hatte sich die Idee, was er mit ihr veranstalten würde, immer weiter in ihm aufgebaut. Es war fast so, als säße der Teufel höchstpersönlich auf seiner Schulter und flüsterte ihm Anweisungen ins Ohr. Und nun, mit Kevin, sollte dieses Spiel seinen Höhepunkt erreichen.

»Lasst uns beginnen.« Christian schaute

zuerst zu Moser, der ihn entgeistert anstarrte. »Also, er ist dafür.« Christian zeigte auf Moser, der abwehrend den Kopf schüttelte. »Was ist mit dir?«, sagte Christian und schritt auf Christine zu. Er zerrte ihren Kopf in die Höhe.

Sie hatte zwar ihre Augen offen, allerdings vermied sie den Blickkontakt. Ihre klaffende Wunde an der Wange war genauso wie die von Leonie bereits mit einer leichten Kruste überzogen.

»Das gibt eine hässliche Narbe in deinem Gesicht«, sagte Christian, und gerade als er über die Stelle streichen wollte, zuckte sie zurück und warf ihm einen giftigen Blick zu. »Okay, dann sind wir wohl alle dafür.« Christian richtete sich wieder auf und schritt zu Kevin. »Na, was schaust du denn so g'schreckt?« Christian lachte laut, als er Kevins Blick sah. Er hätte schwören können, dass kurz das Wort ›Angst‹ auf Kevins Stirn aufblinkte. »Wir beginnen mit dir und Leonie, würde ich sagen.«

»Nein, bitte verschonen Sie sie«, meldete sich Moser zu Wort. »Sie hat nichts damit zu tun. Nehmen Sie mich an ihrer Stelle.«

»Du glaubst auch, dass du alles bekommst, was du willst, was?« Christian packte Kevin am Arm und zerrte ihn zu Leonie. Dann öffnete er Kevins

Hose und ließ sie an dessen Beinen auf den Boden gleiten. Ein Gestank nach Urin und abgestandenem Schweiß stieg ihm in die Nase. Während er Leonie das Klebeband mit einem Ruck vom Mund riss, schaute er zu Moser. »Nun ist mir klar, woher die Chlamydien stammten. Jetzt verstehe ich, warum man dir nichts nachweisen konnte. Dieses abartige Etwas hat sie mit diesem Scheiß angesteckt.«

Moser sagte nichts dazu. Er schaute starr auf seine Tochter, die vor Kevin zurückwich. Ihr angewiderter Blick sprach Bände. Immer wieder schaute sie zu ihrem Vater, doch dieser zeigte keinerlei Reaktion.

»Bitte nicht. Ich will das nicht«, sagte Leonie mit zitternder Stimme. Die Tränen rannen ihr übers Gesicht.

»Soll ich dir mal was erzählen?«, sagte Christian, zerrte sie an den Haaren und presste ihren Kopf gegen Kevins Unterleib. »Meine Freundin, meine Verlobte, hatte keine Chance, Nein zu sagen. Sie wurde betäubt und gefügig gemacht. Und ich nehme an, auch wenn sie Nein gesagt hätte, wäre sie von deinem Vater und diesem Hurensohn da vergewaltigt worden. Also, was denkst du? Was sollte mich davon aufhalten, dich nicht dazu zu zwingen?«

Leonie schluchzte, und ihr Körper zuckte heftig. »Bitte nicht.« Diese Worte drangen immer wieder aus ihrem Mund.

»Ich hab genug von deinen Zickereien. Nimm dieses schlaffe Würstchen endlich in den Mund. Mach es aber langsam. Dein Vater möchte gerne alles genau sehen.«

»Nein«, flüsterte Leonie.

Christian zeigte ihr die Schneide des Küchenmessers. »Ich kann dir auch gleich die Kehle durchschneiden. Ein Schnitt, und Minuten später bist du tot. Deine Entscheidung.« Er bewegte das Messer in seiner Hand hin und her.

»Bitte nehmen Sie mich. Ich mache es«, schrie Moser durch den Raum.

»Halt die Klappe! Dich macht das doch nur geil, wenn du den Schwanz von deinem Kompagnon lutschst, du alter Sack.« Christian setzte die Klinge an Leonies Hals an. »Mach endlich. Ich zähle bis drei, ja? Sein Sperma oder dein Blut. Du entscheidest.«

»Leonie! Mach, was er sagt. Bitte mach, was er sagt. Liebling, keiner wird dich jemals dafür verurteilen.«

»Hör auf deinen Papa. Rein damit. Sei ein braves Mädchen.« Christian strich mit dem Messer ihren Hals entlang. Er drückte ein wenig zu fest zu, denn es tat sich ein Schnitt auf, und Leonie zuckte von ihm weg. »Oh, Verzeihung. Da sind wohl meine Nerven mit mir durchgegangen. Eins ...« Christian konnte sich ein Schmunzeln nicht verkneifen, als ihn Leonies ängstlicher Blick traf. Sogar das Schluchzen, das Sekunden vorher noch zu hören gewesen war, war verstummt.

»Leonie«, flehte Moser. »Bitte mach endlich, was er sagt. Ich liebe dich. Leonie.«

»Zwei.«

Leonie atmete hastig, ihre Lippen zu einem harten Strich zusammengepresst. Dann öffnete sie den Mund und nahm das schlaffe Glied würgend in sich auf.

»Und du«, sagte Christian und fuchtelte mit dem Messer vor Kevins Gesicht herum. »Du darfst jetzt genießen.«

Kevins Blick war unbezahlbar, fand Christian. Eine Mischung aus Entsetzen und Geilheit trat in seine Augen.

Christian nahm Abstand von den beiden und ging zu dem Sessel, auf dem Moser festgebunden war. Er beugte seinen Oberkörper ein wenig hinunter. »Siehst du auch alles?«, flüsterte er ihm ins Ohr. »Ist doch ein schöner Anblick, oder? Und sie hat sich dafür entschieden. Sie wollte es so.«

»Sie widerwärtiges Schwein«, zischte Moser. »Wenn ich Sie in die Finger kriege, bringe ich Sie um.«

»Nein, das glaube ich nicht. Du kriegst mich nicht in deine wulstigen Finger. Du fasst mich nicht an, das schwöre ich dir.« Moser senkte den Kopf. Christian fiel das sofort auf, und er packte ihn grob am Kinn. »Schön hinschauen. Das ist extra für dich. Sieh mal, wie deine Tochter sich bemüht, dass diese Missgeburt einen hochbekommt. Klappt wohl nicht ganz. Aber ich bin mir sicher, sie wird das schon noch hinbekommen.«

»Hören Sie auf, Sie Monster. Lassen Sie meine Tochter aus dem Spiel.«

»Was? Bist du etwa eifersüchtig? Auf deine Tochter? Dass sie so einen tollen Stecher hat, und du darfst nicht mitspielen? Ist dir das etwa zu wenig? Das kann ich doch ändern.« Christian wandte sich von Moser ab und sagte zu Kevin: »Komm hierher, dein Geldgeber will auch mal lutschen.«

Moser schaute zwischen Christian und Kevin, der bereits auf dem Weg zu ihm war, hin und her. Leonie spuckte auf den Boden. Christian schnitt die Fesseln durch, die Mosers Oberkörper an der Sessellehne festhielten. Ohne ein Wort der

Widerrede nahm Moser Kevins halb erigiertes Genital in den Mund.

»Na, siehst du?«, sagte Christian. »Darfst auch mitspielen. Wie fühlt sich das an? Ist es schön? « Er drehte sich zu der Anwältin um. »Wollen Sie auch mal?« Sein Grinsen nahm sein gesamtes Gesicht in Anspruch. Sie schüttelte den Kopf wild hin und her. »Nein? Ach, Sie sind eine Spielverderberin. So prüde.« Er schaute wieder zu Moser und Kevin. »Na? Macht dich das an? Ihr beide macht da mal Schluss. Nicht dass du noch abspritzt.« Christian zeigte mit der Messerspitze auf Moser. »Kevin, ab zu deiner neuen Freundin. Die soll fertig machen. Ihr Papa hat ihr ja bereits gezeigt, wie man einen Mann scharfmacht. Anscheinend bist du ein wenig bisexuell, was?«

Kevin war wieder bei Leonie angelangt, die dort weitermachte, wo Moser aufgehört hatte.

Es dauerte nur wenige Sekunden, da sah Christian, wie Kevin seinen Kopf in den Nacken legte, und Leonie vor Ekel zurückschreckte. Christian machte einen Satz zu Kevin, setzte ihm das Messer an die Kehle und schlitzte ihm von links nach rechts den Hals auf.

Leonie schrie, als ihr die Mischung aus Sperma und Blut mitten ins Gesicht klatschte.

28

Vor drei Wochen

Susi saß an Corinnes Bett und erzählte ihr bereits seit einer Stunde von den Neuigkeiten und von dem schönen warmen Wetter draußen.

Susi quasselte einfach drauflos, während Corinne nur teilnahmslos an die Decke starrte und kaum eine Reaktion von sich gab. Vielleicht lag es an den verschiedenen Tabletten, die sie einnahm. Vielleicht konnte sie auch einfach nicht mehr anders. Im Bett lag eine seelenlose Hülle, die nur mehr wenig Ähnlichkeit mit der Person hatte, die Susi einmal kannte. Selten, ganz selten, schaute Corinne sie an und sagte ein Wort. Allein diese kleinen Momente machten Susi glücklich und traurig zugleich. Manchmal erzählte sie Corinne auch Anekdoten aus ihrer gemeinsamen Zeit. Von den Ausflügen, die sie unternommen hatten, von dem Kinobesuch, als Corinne mit Christian das erste Mal ausgegangen war und ihn komplett mit Cola überschüttet hatte, weil ihr vor Nervosität der Becher aus der Hand gefallen war. Und Christian sich vor Lachen nicht mehr halten konnte und beide aus dem Kino geschmissen wurden.

Doch heute hatte Corinne keinen ihrer guten Tage. Susi griff nach der Bettdecke und wollte diese ein wenig nach oben ziehen, weil es frisch geworden war im Zimmer, da entdeckte sie die Narben an Corinnes Unterarmen. Im ersten Moment wusste sie nicht, wie sie darauf reagieren sollte. Viel zu lange hielt sie bereits die Decke fest und starrte auf einen der roten Schnitte. Sie zog die Decke an Corinnes Oberkörper hoch und lächelte ihre Freundin an.

Die Tür öffnete sich, und Christian betrat das Schlafzimmer. Wortlos nickte er Susi zu und gab Corinne einen Kuss auf die Stirn. »Hallo, mein Schatz. Du hast Besuch, das ist ja toll.« Zärtlich streichelte er Corinne über die Wange, doch sie rührte sich nicht. Obwohl seine Worte fröhlich klingen sollten, spürte Susi die Trauer in seiner Stimme.

Susi räusperte sich. »Christian? Kann ich kurz mal mit dir reden? Es geht um …« Sie schaute Corinne in ihre ausdruckslosen Augen. »Es geht um das neue Auto, das ich mir kaufen möchte. Da brauche ich kurz deinen Rat.«

Christian nickte. »Wir kommen gleich wieder, Schatz. Das Thema Auto interessiert dich ja eh nicht. Wenn wir wiederkommen, bringe ich dir einen Früchtetee mit, ja?« Mit diesen Worten entfernte er sich aus dem Zimmer, und Susi folgte ihm.

Als die Tür hinter ihnen geschlossen war, flüsterte Susi: »Wann hat das angefangen, Christian? Warum erzählst du mir das nicht? Hast du die Schnitte nicht gesehen? Sie ritzt sich. Und das vermutlich nicht nur am Unterarm, den ich gesehen habe. Du musst mit ihr dringend zu einem Arzt. Sie braucht Hilfe.«

Er gab ihr keine Antwort, sondern zog sie am Arm ins Erdgeschoß. Als beide in der Küche standen, seufzte Christian, und seine Augen füllten sich mit Tränen. »Ich weiß nicht, wann sie damit angefangen hat. Ich habe sie vor ein paar Tagen dabei erwischt, wie sie sich mit einer Rasierklinge in ihren Bauch geschnitten hat. Erst da habe ich entdeckt, dass sie bereits mit Narben übersät ist. Ich weiß mir keinen Rat mehr. Den Arzt habe ich angerufen, genauso wie ich alles Scharfkantige vor ihr versteckt habe. Aber sie findet immer wieder eine neue Möglichkeit, sich zu ritzen.«

Susi verschränkte ihre Arme vor der Brust. »Christian! Manche Wunden sind hellrosa und andere sind dunkelrot und mit Blut verkrustet. Also das muss schon länger so gehen. Wieso ist dir das bisher nicht aufgefallen? Hast du sie gefragt, warum sie das macht?«

»Sie zeigt sich mir nicht mehr nackt. Schon seit fast einem Jahr.«

Susi nahm ihn in die Arme, und er konnte seine Verzweiflung nicht mehr zurückhalten und schluchzte an ihrer Schulter. »Es tut mir leid. Es tut mir so leid. Ich wollte dir keinen Vorwurf machen. Ich war nur so geschockt, als ich die Schnitte gesehen habe. Ich verstehe nicht, was in ihr vorgeht.«

»Der Arzt meinte, die seelische Belastung ist so groß, dass sie einen Ausgleich sucht. Corinne hat mir gesagt, dass sie eine Erleichterung verspürt, wenn sie sich selbst schneidet. Ich kann das nicht verstehen. Ich möchte ihr so gerne helfen, doch ich kann nicht.«

29

Heute, vormittags

Susi parkte ihr Auto direkt neben einem dunklen Skoda, der ebenfalls bei Moser in der Einfahrt stand. *Wem gehört wohl dieses Auto? Wen hat Christian noch in seiner Gewalt? Er meint das wirklich ernst. Ich muss die Polizei rufen!*

Aber dann würde man ihn verhaften. Hatte er das verdient, nach allem, was er hatte durchmachen müssen? Aber wenn er einen Menschen verletzt oder sogar tötet, hatte derjenige es verdient? Da kam ihr Mosers selbstgefälliges Lächeln in den Sinn. Sein Bild drängte sich förmlich in den Vordergrund. Der Teufel höchstpersönlich.

Ihr hatte es bei der Nachricht von Corinnes Mutter das Herz aus der Brust gerissen. *Wie muss es sich bloß anfühlen? Welche Schmerzen musste seine Psyche bereits ertragen? Und welche Schmerzen musste erst Corinne ertragen?*

Eilig schnappte sie sich ihre Handtasche, die auf dem Beifahrersitz lag, und rannte zur Haustür. Dort betätigte sie den Klingelknopf. Ihr Herz schlug ihr bis zur Kehle, und ihre Zunge fühlte sich an wie Sandpapier.

Gefühlte Stunden später öffnete ihr Christian die Tür. Er hatte ein Lächeln im Gesicht, das mit Blutspritzern übersät war. »Hallo, Susi, schön, dich zu sehen«, sagte er und machte eine eindeutige Handbewegung, dass sie eintreten solle.

Susi blieb stehen. Sie konnte nicht fassen, was sie sah. Nicht nur sein Gesicht war mit roten Punkten und Strichen besprenkelt, sondern ebenso seine gesamte Kleidung. »Christian? Was hast du getan?«

»Ach, komm doch erst mal herein.«

Susi machte einen Schritt ins Innere, und Christian schloss die Tür. Auf ihre nochmalige Frage hin, was er getan habe, bekam sie wieder keine Antwort. Er war bereits hinter der Tür verschwunden. Susi folgte ihm, obwohl ihr jede Zelle ihres Körpers zur Flucht riet.

Als Christian die Tür zu dem angrenzenden Raum öffnete, drang bereits ein leises Wimmern heraus. Zumindest lebte noch jemand.

Doch als Susi in das Wohnzimmer eintrat und sah, was Christian ihr stolz präsentierte, stockte ihr der Atem. Christians Mund klappte auf und zu, allerdings kamen seine Worte nicht bei ihr an. Der Drang, aus dem Haus zu laufen, übermannte sie. Allerdings bewegten sich ihre Füße keinen Millimeter von der Stelle.

Sie starrte auf den im Todeskampf zuckenden Körper des Mannes, der in seiner eigenen Blutlache lag. Sie musste ihren Blick abwenden und schaute zu der jungen Frau, die auf dem Wohnzimmertisch saß. Ihr Gesicht war mit einer klebrigen roten Masse beschmiert. Erst auf den zweiten Blick erkannte sie in dieser jungen Frau Harald Mosers Tochter. Sie hatte sie des Öfteren bei ihrem Vater im Büro gesehen. Susi bekam ihren Mund nicht mehr zu. Sie sah zu Christian, der gerade mit seiner rechten Hand auf einen nackten Mann, gefesselt auf dem Sessel, wies. *Moser,* durchfuhr es sie wie ein Blitz.

Christian redete immer noch. Doch Susis Hirn befahl, keines seiner Worte zu ihr durchdringen zu lassen. Als Nächstes zeigte Christian auf die gefesselte Frau, die an einem der Heizungsrohre festgemacht war. Eine tiefe Schnittwunde zierte ihr Gesicht.

Susi war sich sicher, seit ihrem Eintreten kein einziges Mal Luft geholt zu haben, und holte dies jetzt nach. Sie versuchte, ihre Gedanken zu ordnen, doch bei dem Anblick, der sich ihr bot, hatten ihre Gedanken keinerlei Chancen, auch nur im Geringsten in ordentliche Bahnen zu gelangen. Sie schloss ihren Mund und schaute wieder zu Christian, der seine Hände triumphierend in die Hüften gestemmt hatte. Sie schluckte den Kloß, der sich in ihrem Hals gebildet hatte, hinunter und sprach: »Christian? Was hast du getan? Was hast du vor?«

»Sie werden alle ihre gerechte Strafe bekommen.«

»Aber, Christian. Du kannst doch nicht alle umbringen! Komm schon, wir rufen die Polizei. Die werden das klären.« Susi griff in ihre Handtasche und suchte ihr Handy.

Christian riss ihr die Tasche von der Schulter. »Nein. Keine Polizei. Du kennst nur die halbe Geschichte.«

»Die werden alle vor Gericht gestellt und kriegen ihre gerechte Strafe. Wir haben doch jetzt endlich Beweise.«

Christian lachte. »Gericht? Vor Gericht gestellt? Die Richterin hat er doch auch geschmiert. Ich …« Er tippte mit dem Zeigefinger auf seinen Brustkorb. »Ich glaube eher an die Unschuld einer Hure als an die Gerechtigkeit der österreichischen Justiz. Nur weil du recht hast, heißt das hier noch lange nicht, dass du auch recht bekommst.«

»Was meinst du mit ›die Richterin wurde

geschmiert‹?« Susi hatte mittlerweile ihre Umgebung völlig ausgeblendet. Sie hatte nur mehr ein Ziel. Weitere Verletzte – oder gar Tote – zu vermeiden und Christian aus dieser Sache irgendwie wieder herauszubekommen.

»Sie wird es dir bald selbst erzählen. Sie ist bereits auf dem Weg hierher.«

»Was?« Susi konnte nicht fassen, was Christian gerade gesagt hatte.

»Egal jetzt.« Christian winkte ab. »Fang mal an mit dem Interview mit Moser.« Christian deutete in dessen Richtung.

Susi schüttelte den Kopf. »Nein, Christian. Ich kann das nicht machen. Ich ruf jetzt die Polizei.«

***

Christian blickte in den Raum und sah die Blutlache unter Kevin, der seine letzten Atemzüge röchelte.

Blut, das ganze Blut, dachte er und wurde schlagartig zurückversetzt in den Albtraum, mit dem heute alles begonnen hatte. Der ihn zu einem Rächer machte und schlussendlich auch sein eigenes Leben beenden würde.

Im ersten Moment, als er das Badezimmer betreten hatte, hatte er nicht wahrhaben wollen, was er sah. Corinne badete in ihrem eigenen Blut. Sofort griff er an ihren Hals, doch ihre Haut war

153

bereits kalt und leblos. Der letzte Schnitt hatte Corinne die Erlösung gebracht, von der sie so oft gesprochen hatte. Er konnte sich nicht mehr genau erinnern, wie lange er ihre Hand gehalten hatte. Keine Träne hatte er vergossen. Keine einzige verdammte Träne. Aber ein Versprechen gab er ihr, als er in ihre toten Augen blickte: »Schatz, ich verspreche dir, ich werde mich an allen rächen, die hierfür verantwortlich sind. Und dann komme ich zu dir, damit wir wieder vereint sind.«

Er erschrak, als Susi ihn am Oberarm berührte und wieder ins Hier und Jetzt zurückholte. »Christian. Bitte sei doch vernünftig.«

»Vernünftig? Mein Baby ist tot, meine Freundin ist tot, mein ganzes Leben ist tot. Und das alles nur, weil *er* seinen Schwanz bei ihr reingesteckt hat. Und ich soll noch vernünftig sein?« Er holte sein Schweizer Taschenmesser wieder aus der Hosentasche und ging auf Moser zu.

Susi schrie: »Christian, bitte! Mach das nicht! Du läufst in dein Unglück. Christian!« Sie rannte auf ihn zu und wollte ihm das Messer aus der Hand reißen. Doch er packte sie, drehte ihr den Arm auf den Rücken und drückte sie auf den Boden.

»Susi, es tut mir leid. Ich will dir auf keinen Fall wehtun. Ich werde jetzt deine Hände fesseln und deinen Mund zukleben, und du wirst dir das gefallen lassen. Es ist nur zu deiner eigenen Sicherheit. Ich bringe dir jede Einzelheit der Story, die du brauchst. Versprich mir bitte, du schreibst diesen Artikel, ja?« Noch während er sprach, zog er sie vom Boden in die Höhe und wickelte ihr das Klebeband um die Handgelenke.

Susi war zu geschockt, um auch nur ein Wort über die Lippen zu bringen.

»Versprich es mir«, sagte Christian erneut.

»Christian, überlege gut, was du machst. Aber ich verspreche es dir. Corinne und ich waren doch beste Freundinnen. Bitte tu mir das nicht an. Ich möcht...« Das Klebeband, das Christian ihr auf den Mund klebte, ließ ihre Worte mitten im Satz verstummen.

Christian schnappte sich Susis Tasche und hängte sie sich um den Hals. Er war gerade im Begriff, mit ihr das Zimmer zu verlassen, da blieb er plötzlich stehen. Er ließ ihren Arm los. »Stehen bleiben! Nicht von der Stelle rühren.«

Dann zog er Leonie am Unterarm hoch, dieser entfuhr ein kurzer, schriller Schrei. Er zerrte sie mit sich, setzte sie neben der Rechtsanwältin auf den Boden und band sie ebenfalls an dem

Heizungsrohr fest. Ein kurzer, prüfender Blick noch, und schon war er wieder bei Susi angelangt.

Was hat er bloß mit mir vor? Er wird mich doch hoffentlich nicht umbringen! Nein, er würde mir nie etwas antun. So einer ist er nicht. Aber er hat dem armen Kerl die Kehle durchgeschnitten.

Während Susi noch in Gedanken durchging, wie sie sich aus ihren Fesseln befreien und Christian dazu bringen konnte, aufzugeben, hatte er sie bereits aus dem Haus gezerrt und in ihr Auto auf die Rückbank gesetzt. Ihre Tasche stellte er direkt neben sie und holte aus dieser den Autoschlüssel heraus.

»Susi, es wird dir nichts passieren. Du bist in Sicherheit. Alles, was du noch wissen musst, werde ich dir als Sprachnachricht auf dein Handy schicken. Du musst mir versprechen, dass du die ganze Geschichte morgen als Titelstory bringst.«

Susi schaute ihm direkt in die Augen. Sein Blick war entschlossen. Er nickte leicht, und Susi tat es ihm gleich. Ja, sie würde die Story herausbringen. Allerdings musste sie sich zuerst von dem Klebeband lösen und Hilfe holen.

Christian schloss die hintere Tür und aktivierte die Zentralverriegelung. Den Schlüssel legte er in die Lüftungsschlitze an der Windschutzscheibe und schritt wieder dem Haus entgegen. Susi wand ihre Hände und versuchte, sich zu befreien. Ergebnislos.

Es waren vielleicht Minuten vergangen, als ein schwarzer Mercedes die Einfahrt herauffuhr und zwei Autos weiter einparkte. Susi versuchte, auf sich aufmerksam zu machen, und schrie, was das Zeug hielt. Allerdings wurden ihre Schreie durch das Klebeband gedämpft. Eine Frau stieg aus – mittellange braune Haare, an die vierzig Jahre alt. *Oh Mann, das ist die Richterin. Nein, du darfst du da nicht reingehen!*

Die Richterin hatte sich bereits auf den Weg zur Eingangstür gemacht. Panik stieg in Susi auf. Sie neigte ihren Körper zur Seite und begann, mit ihren Füßen gegen die hintere Tür zu treten. Immer und immer wieder. Doch als sie sich wieder aufrichtete, war die Richterin bereits verschwunden und sie wieder allein.

30

Heute, mittags

Die Klingel läutete nur kurz, und Christian
sprang sofort auf und schritt zur Haustür. Als er
öffnete, stand eine braunhaarige Frau vor ihm.
Sie war an vielen Stellen ihres Körpers rund und
nicht eckig. Zitternd hielt sie ihm ein kleines
braunes Kuvert entgegen.

»Ich habe das, was Sie wollten, mitgebracht.«

Christian griff nach dem Briefumschlag, den er
sofort in seine hintere Hosentasche steckte. Die
Richterin Kirsten Klauß drehte sich bereits um
und wollte wieder gehen. Christian bekam noch
ihre Haare zu fassen und zog sie ins Innere des
Hauses.

»Lass mich los!«, sagte die Richterin und
versuchte, sich loszureißen. Doch Christian ließ
nicht los. Ganz im Gegenteil. Er packte sie noch
fester. Er spürte die Fingernägel der Richterin,
die sich in seinen Arm bohrten. Doch da war kein
Schmerz. Es war fast so, als hätte sein Körper
jegliche Empfindung ausgeschaltet. Sie schrie
noch immer und schimpfte: »Du Schwein! Was
willst du denn noch? Ich habe dir das Geld

gegeben. Das wolltest du doch!«

Er schleifte sie ins Wohnzimmer, und es dauerte ein paar Momente, bis die Richterin verstummte. Sie schaute sich um. Dann erstarrte sie und schüttelte ungläubig den Kopf.

»Schön«, sagte Christian. »Seht mal, wer hier ist. Jetzt sind wir komplett. Ist das nicht toll? Dann können wir endlich mit der Verhandlung beginnen.«

»Was für eine Verhandlung?«, sagte Kirsten Klauß. Ihre Augen waren so groß wie Wagenräder.

Christian musste lachen, als er ihren verwunderten Blick sah. Wie konnte sie nur glauben, dass alles wieder gut werden würde, wenn sie ihm das Geld vorbeibrachte? War sie wirklich so naiv? »Ich werde diesmal der Vollstrecker sein. Ich werde euch alle spüren lassen, wie es sich anfühlt, zu etwas gezwungen zu werden. Einen kleinen Einblick in das, was ich mit euch vorhabe, habe ich euch schon gezeigt. Jeder Einzelne von euch wird den Schmerz spüren, den ich im letzten Jahr durchlebt habe. Und ich werde euch fühlen lassen, was Corinne gefühlt hat. Diese Hilflosigkeit, diese Ungewissheit, diesen inneren Tod. All das werdet ihr in den nächsten Stunden live erleben. Freut ihr euch schon drauf?« Christian schaute in die Runde. Alle Augen waren auf ihn gerichtet, doch keiner traute sich zu sprechen. »Als Erstes werden wir mit dem Verhör beginnen. Die liebe Richterin wird hier Platz nehmen.« Er deutete auf das Sofa, das mit großen und kleinen Blutflecken übersät war.

Kirsten tat wie befohlen und versuchte, sich auf einen sauberen Platz zu setzen. Doch das Blut war überall verteilt, sogar bis an die Wand war es gespritzt.

»Das geht auch ein wenig schneller, und ich habe gesagt, hierher.« Christian deutete auf den Platz, auf dem das meiste Blut klebte und der ebenfalls gute Sicht auf den leblosen Körper bot, der einen knappen Meter davor lag.

Kirsten rutschte ein Stück zur Seite. Mit offenem Mund starrte sie auf den regungslosen Mann. Gerade hatte es sich eine Fliege auf Kevins blutigen Fingern, die er fest um die Wunde schloss, gemütlich gemacht.

Christian band ihr die Hände auf dem Rücken zusammen. Er zückte sein Handy und drückte auf die Aufnahmetaste. Dann legte er es auf dem Wohnzimmertisch ab. »Name?«

»Kirsten Klauß.«

»Beruf?«

»Richterin im Bezirksgericht Graz-Ost.«

»Haben Sie Schmiergeld angenommen von Herrn Moser?«

»Ja.«

»In welcher Höhe?«

»Dreißigtausend Euro.«

»Was sollten Sie dafür tun?«

»Herrn Moser freisprechen von allen Anschuldigungen, die gegen ihn erhoben wurden.«

»In welcher Fallakte?«

»In diesem Fall war es wegen Vergewaltigung und wegen schwerer Körperverletzung.«

»Wie meinen Sie ›in diesem Fall‹? Hat es so was schon öfter gegeben?«

»Ja.«

Christian schluckte. Schon wieder war dieser Kloß in seinem Hals, der keine Worte aus ihm herausließ. »Wie oft?«

»Viermal.«

»Im aktuellen Fall reden wir über Frau Heimgartner?«

»Ja.«

»Und in den anderen Fällen? Wie sind die Namen der Opfer?«

»Kann ich Ihnen nicht mehr sagen. Ich müsste dazu in meinen Akten nachsehen.«

»Ich würde vorschlagen, du denkst schnell darüber nach, wie die Frauen heißen. Ansonsten wirst du nicht mehr zu deinen Akten kommen.« Christian hielt ihr das Messer mit der Spitze nach unten vors Gesicht und ließ es langsam von links nach rechts schwingen. Kirstens Augen verfolgten jeden seiner Handgriffe. Plötzlich ließ er es fallen, und es blieb in ihrem Oberschenkel stecken.

Kirsten schrie und sprang auf.

Christian packte sie an den Schultern und drückte sie wieder auf das Sofa zurück. Er deutete auf das Messer und sprach: »Zwei Möglichkeiten hast du. Entweder spuckst du sofort die Namen aus oder ich werde das Messer tiefer und tiefer in deinen hübschen Schenkel bohren. Ich denke sogar, ich könnte es ein bisschen drehen. Das würde ein hässliches Loch hinterlassen. Findest du nicht? Aber ich kann es ausprobieren. Wie du möchtest.«

Ihr Blick war starr auf das Messer gerichtet, und mit seinem Zeigefinger fuhr Christian bereits den Kreis ab, den er mit dem Messer machen wollte. Kirsten schluchzte lautstark, und es schüttelte sie am ganzen Leib. Eine einzelne schwarze Träne tropfte auf Christians Hand. Kirstens Gesicht war komplett verschmiert.

»Also, dein Make-up für heute ist erledigt, würde ich mal sagen. Ich verstehe überhaupt nicht, wieso ihr Frauen euch kiloweise dieses Zeug ins Gesicht schmiert.« Noch während Christian sprach, umfasste er mit seiner linken Hand den Messergriff. Er stieß die Klinge ein wenig tiefer in das Fleisch, und seine rechte Hand presste er auf Kirstens Mund, damit sie nicht schreien konnte. Er stemmte sich mit seinem vollen Gewicht gegen sie und drückte sie in die Rückenlehne des Sofas. Dann nahm er seine Hand vom Messer und auch die von ihrem Mund.

Ein leises Jammern entfuhr ihr.

Er ließ ihr einen Moment Zeit, damit sie ihre Atmung unter Kontrolle bringen konnte, bevor er sie erneut fragte: »Wie sind die Namen?«

»Kornmüller ... Kornweber oder so ähnlich. Ich weiß es wirklich nicht mehr so genau. Und die zweite hieß Opensik oder Owensik. Und die dritte ... keine Ahnung.« Kirsten brachte die Worte nur mit Mühe über ihre Lippen. Nicht nur ihr Körper zitterte, sondern auch ihre Zähne klapperten.

Christian schaute auf den Wohnzimmertisch zu seinem Handy. Das Display leuchtete, die Aufnahme lief noch. Er ließ von der Richterin ab. Das Messer steckte in ihrem Fleisch, und die ersten Tropfen des frischen Körpersaftes nässten bereits das Sofa. Sie ließ ihren Kopf hängen und schluchzte in sich hinein. Christian schaltete die Aufzeichnung ab, und die Sprachnachricht wurde direkt an Susi übermittelt.

Mit dem Handy in der Hand ging er zu Christine, die auf dem Boden neben dem Heizkörper kauerte. Er riss ihr das Klebeband vom Mund. Sie zuckte zurück.

»Nun zu Ihnen, liebe Frau Rechtsanwältin.« Christian drückte erneut auf die Taste, die das Gespräch aufzeichnete, und legte das Telefon auf den Heizkörper. »Name?«

Christine räusperte sich.

Christian trat sie in die Seite.

»Christine Fleur«, stotterte sie.

»Beruf?«

»Rechtsanwältin.«

»Muss ich dir alles aus der Nase ziehen? Sprich in ganzen Sätzen. Du weißt, was ich hören will, ansonsten werde ich mir mein Messer wiederholen. Willst du das?«

»Rechtsanwältin in einer eigenen Kanzlei. Mein Mandant ist Herr Harald Moser.« Sie sprach sehr schnell, denn Christian hatte eine Kehrtwendung gemacht und war bereits auf dem Weg zu Kirsten zurück, die ängstlich aufschaute.

Er schenkte ihr ein Lächeln, das sie nicht erwiderte, bevor er sich wieder zu Christine umdrehte.

»Braves Mädchen«, sagte er. »Also, hast du das Geld der Richterin gebracht?«

Christine nickte.

»Du blöde Kuh!«, schrie er sie an. »Ich nehme das als Sprachnachricht auf. Und ein Nicken kann man nicht hören. Also sprich!«

»Ja, ich habe das Geld der Richterin gebracht.«

Christian versuchte, die Fassung zu bewahren, und sprach in einem ruhigen Ton weiter. »Was haben Sie über den Inhalt der Umschläge gewusst, die Ihr Mandant an Sie adressiert hatte?«

»Ich habe nichts darüber gewusst.«

»Du willst mich herausfordern, ja?«, zischte er und kam ganz nah an ihr Gesicht. Er umschloss mit seiner rechten Hand ihre Kehle und drückte zu.

Sie wand ihren Körper hin und her und versuchte, aus seinem Griff zu entkommen. Doch je mehr sie sich bewegte, desto fester wurde der Druck, den er auf ihre Luftröhre ausübte.

»Ich ... wusste ...«, brachte sie langsam heraus. Er nahm seine Hand von ihrer Gurgel, sie hustete und rang gierig nach Luft.

»So, weiter im Text, Frau Anwältin.«

»Ich hatte keinerlei Kenntnisse über den Inhalt.« Sie zuckte zurück, als Christian die Finger zu einer Faust ballte und auf sie zielte. Sofort sprach Christine weiter: »Ja, ich habe gewusst, dass mein Mandant schuldig ist. Zumindest habe ich es geahnt. Und deswegen habe ich auch die Richterin bestochen, damit sie einen Freispruch fällt.«

»Na, das ist doch mal eine ehrliche Aussage, finden Sie nicht, Herr Moser?« Christian schaute zu ihm hinüber, allerdings starrte Moser vor sich ins Leere. »Was sollten Sie denn machen mit den Kuverts? Es wird wohl einen Grund gegeben haben, dass Sie diese archivieren sollten, oder?«

»Ich sollte sie an einem sicheren Ort verwahren. So war der Deal.«

»Und was haben Sie dafür bekommen?«

»Fünftausend Euro.« Christine murmelte den Betrag leise vor sich hin.

»Ein Menschenleben ist also fünftausend Euro wert. Nein, falsch. Fünfunddreißig, wenn man die dreißigtausend von der Richterin noch mitzählt. Wo sind die verdammten Umschläge?« Er schaute Christine direkt in die Augen.

»Habe ich Ihnen doch schon erzählt. In meinem Auto im Kofferraum.«

Christian nahm sein Handy, beendete die Sprachnachricht und schickte sie wieder an Susi. »Das heißt, das Leben deiner Tochter ist fünfunddreißigtausend Euro wert.« Er strich Leonie über das lockige blonde Haar, während er zwischen ihr und Moser hin und her schaute. Sie zuckte nicht zurück, sondern ließ ihn gewähren. Die Augenlider hatte sie fest aufeinandergepresst, genauso wie ihre Lippen.

»Bitte«, sagte Moser. Seine Stirn war schweißnass. »Ich flehe Sie an. Lassen Sie meine Tochter aus dem Spiel. Machen Sie mit mir, was Sie wollen. Aber lassen Sie Leonie gehen.«

»Ich habe dreißigtausend Euro.« Christian holte den Umschlag aus seiner Hosentasche heraus und schmiss ihn Moser vor die Füße. »Die restlichen fünftausend bleibe ich dir vorerst schuldig. Also, ich habe mir nun einen Menschen gekauft. Mit dem darf ich jetzt machen, was ich will, ja? Vielleicht ist Leonie die richtige Wahl.«

Mosers Mund blieb offen stehen, und er starrte auf den Umschlag. Ungläubig schaute er von einem Anwesenden zum nächsten.

Christian überlegte. Sollte er Leonie töten oder laufen lassen? Einerseits wäre Töten das Richtige. Schließlich hatte Moser ihm auch das genommen, was ihm am meisten bedeutet hatte.

Aber wenn er ihr jetzt die Kehle aufschlitzte, was würde das ändern? Moser müsste mit ansehen, wie er seiner Tochter das Leben aushauchte, aber leiden würde Moser nur wenige Stunden. Christian litt bereits seit einem Jahr, und auch dieses Leiden sollte heute beendet werden. Er wollte nur mehr zu seiner Frau und zu seinem ungeborenen Kind, die bereits in einer anderen Welt warteten. Er würde Moser mitnehmen und ihn für seine Taten ewig in der Hölle schmoren lassen.

Andererseits, was konnte Leonie für ihren Vater? Sie war in eine Familie hineingeboren worden, die vor Geld nur so stank und der es an menschlichen Qualitäten eindeutig fehlte. Wenn sie das hier überlebte, wie würde ihr weiteres Leben aussehen? Würde sie erkennen, dass Menschen auch Gefühle hatten und eine eigene Meinung?

Doch dann fühlte er den Druck, der seinen Brustkorb fast zum Zerbersten brachte, und er fasste seinen Entschluss. Der Vorhang war nun gefallen.

31

Heute, mittags

Susis Handy piepste in ihrer Handtasche. Sicher wieder eine Sprachnachricht von Christian, so wie er es gesagt hatte. Verzweifelt versuchte sie, sich von ihren Handfesseln zu befreien, aber das Klebeband erwies sich als absolut reißfest. Susi musste sich etwas anderes einfallen lassen. Sie hatte nicht verhindern können, dass die Richterin das Haus betrat. Sie hatte auch nicht verhindern können, dass bereits ein toter Mann mit aufgeschlitzter Kehle auf dem Fußboden lag. Aber sie würde die anderen retten. Auch Christian ...

Da fiel ihr wieder Corinne ein und die schreckliche Nachricht, die ihr heute überbracht worden war. Seit dem Telefonat mit Christian hatte sie diese Tatsache verdrängt, doch jetzt überfiel sie die Trauer, eine langjährige Freundin verloren zu haben. Die ersten Tränen rannen ihr über die Wangen, und sie schluchzte bitterlich. Doch als sie aufsah, bemerkte sie, dass die Haustür der Villa offen stand. Durch ihre tränenverschleierten Augen konnte sie nur schemenhaft etwas erkennen und glaubte im ersten Moment an eine Täuschung. Sie blinzelte mehrmals hintereinander. Ja, tatsächlich, die Tür stand offen. Doch sonst rührte sich nichts. Was würde jetzt bloß passieren? Würde Christian aufgeben? Würde er seine Geiseln freilassen? Was hatte er bloß vor? All diese Gedanken beschäftigten sie, während sie wie gebannt in Richtung Villa starrte.

Plötzlich schwankte ein Mensch durch den Türrahmen heraus, fiel zu Boden und blieb dort regungslos liegen. *Scheiße! Was ist da los?* Susi rutschte in die Mitte der Rückbank und beugte sich nach vorne, durch den Freiraum zwischen den vorderen Sitzen. Bei der Person schien es sich um Mosers Tochter zu handeln.

»Scheiße!«, entfuhr es Susi. War nun der Nächste tot, und sie hatte es nicht verhindern können? Susi starrte gebannt auf das Bündel, das zusammengekauert in der Einfahrt lag.

Doch als sich die Haustür wie von Geisterhand schloss, kam Bewegung in den leblos geglaubten Körper. Susi atmete tief durch, und ein Schwall der Erleichterung durchfuhr sie. Christian musste zur Besinnung gekommen sein und Leonie freigelassen haben. Vielleicht würde jetzt doch alles wieder gut werden. Sie sah, wie Leonie sich aufrappelte, leicht schwankend über den Parkplatz zu ihrem Moped rannte, das in der Nähe der Eingangstür geparkt war, und mit diesem davonfuhr.

Gut, sie wird Hilfe holen. Das ist gut. Susi lehnte sich zurück. *Irgendwie muss ich es schaffen, hier rauszukommen. Aber wie?*

Da hörte sie wieder ein Piepsen von ihrem Handy. »Genau. Das ist es!« Sie rutschte näher an ihre Handtasche heran und kramte blind mit ihren auf dem Rücken gefesselten Händen darin herum. Es dauerte eine gefühlte Ewigkeit, bis sie endlich die Nagelfeile fand, die sie immer dabeihatte. Ihre Finger benötigten mehrere Anläufe, um die Feile in der richtigen Position zu halten, damit sie das Klebeband erreichte.

Ihre Hände schmerzten bereits nach kurzer Zeit, und ein Krampf, der sich bis in ihren Unterarm zog, war nicht gerade hilfreich bei ihrer Befreiungsaktion. Allerdings biss Susi die Zähne zusammen und schnitt Millimeter für Millimeter ihre Fesseln durch.

Sie hörte das Auto, das die steile Auffahrt hochfuhr, bevor sie es sah. Im ersten Moment hoffte sie auf einen Polizeiwagen, der dem Ganzen hier ein Ende bereiten und die Geiseln und sie befreien würde. Allerdings wurde ihre

Hoffnung zerstört, als ein schwarzer SUV an ihr vorbeibrauste und direkt vor dem Haus hielt. Auf dem Kennzeichen stand ›GU-Chef1‹.

Ach du meine Güte. Das ist die Frau vom Moser. Was will denn die hier? Hat Leonie etwa ihre Mutter angerufen? Was soll die hier denn ausrichten können? Christian wird ausflippen, wenn er sie sieht.

Die Frau sprang wie von der Tarantel gestochen aus ihrem Auto und lief ins Haus. Das Ganze dauerte nur Sekunden, dann war alles wie vorher. Wieder war sie allein.

Nun feilte Susi um einiges schneller, um sich zu befreien. Schließlich musste sie die Polizei rufen. Sie feilte und feilte.

Und endlich – Minuten später hörte sie das erlösende Geräusch des reißenden Klebebands. Ihre Hände waren wieder frei. Sofort drehte sie sich um und kramte in ihrer Tasche nach dem Handy. Einige WhatsApp-Nachrichten waren eingegangen, allerdings war die letzte bereits zehn Minuten her. Die Frau von ihrem Ex-Chef war noch immer im Haus. Susi entsperrte ihr Telefon und überlegte, ob sie den Notruf wählen sollte. Was sollte sie sagen?

Da fiel ihr ein, dass der Kommissar der Kriminalpolizei ihr damals seine Visitenkarte gegeben hatte. Die müsste doch noch in der Handtasche zu finden sein. Schließlich war es ihre Lieblingstasche, die sie ständig bei sich trug und seit Jahren nicht mehr ausgeräumt hatte. Sie kramte und kramte und holte sämtliche Utensilien einzeln heraus, bis es ihr zu blöd wurde und sie die Tasche auf den Kopf stellte, sodass alles aus ihr herauspurzelte. Sie kramte zwischen Taschentuchpackungen, Kaugummipapier, Schminkzeug, bis sie endlich die zerknitterte und leicht schmutzige Visitenkarte in der Hand hielt. Sofort tippte sie die Handynummer in ihr Telefon ein. Bereits nach dem ersten Klingeln wurde Susi unsicher. Was war, wenn Herr Halbtreu nicht mehr dort arbeitete und sie nun einen Fremden am anderen Ende der Leitung hatte? Wie sollte sie ihm bloß erklären, was hier vor sich ging?

Erst nach endlosen Momenten hörte sie die Stimme des Kommissars. Er klang außer Atem.

»Halbtreu.«

»Mein Name ist Susanne Barlang«, sagte Susi, so schnell sie konnte. »Ich wurde von Christian Schmitz, dem Freund von Corinne Heimgartner, in mein Auto gesperrt. Ich befinde mich auf dem Grundstück von Moser, Harald. Das ist die große Villa in Tobelbad, auf der kleinen Anhöhe, gleich rechts nach der Rehaklinik die Straße hinauf. Bitte kommen Sie schnell.«

»Langsam, Frau … Barlang, sagten Sie? Was ist passiert?«

»Bitte kommen Sie schnell. Ich weiß nicht, was Christian vorhat. Zur großen Villa in Tobelbad. Bitte. Schnell.«

»Gut, Frau Barlang. Ich schicke sofort Einsatzkräfte los und komme selbst zu Ihnen. Bitte bleiben Sie vor Ort und warten Sie, bis wir da sind. Bringen Sie sich bitte nicht selbst in Gefahr. In den nächsten Minuten wird ein Einsatzwagen bei Ihnen sein.«

Susi antwortete ihm nicht mehr, denn während er noch sprach, beobachtete sie, wie Mosers Frau das Haus fluchtartig verließ und mit ihrem SUV davonbrauste. Durch das Wohnzimmerfenster sah es aus, als würde Licht im Inneren brennen. Nein, es war kein Licht. Dort loderte ein Feuer, das bereits die Gardinen vor dem Fenster in Brand gesetzt hatte. Susi ließ das Handy aus ihrer Hand fallen und rüttelte an der hinteren Tür. Doch diese ging nicht auf. Aber es musste doch einen Weg hier hinausgeben. Verzweifelt krabbelte sie auf den Fahrersitz und zog am Türöffner. Wieder vergeblich.

Das kann doch nicht wahr sein, dass ich mein

Auto nicht von innen öffnen kann, wenn jemand von außen zusperrt. Nie wieder in meinem Leben kaufe ich mir einen Skoda. Das ist mal fix.

Susi legte sich hin und trat mit ihren Füssen mehrmals gegen die Scheibe, in der Hoffnung, dass das Glas unter dem Druck zerbarst. Doch vergebens. Die Scheibe hielt stand. Sie hatte keine Ahnung, was in den letzten Minuten in der Villa vor sich gegangen war, doch sie wusste eines: Christian lebte nicht mehr. Das spürte sie genau. Dass Mosers Frau aus Christians Fänge hatte fliehen können, ließ in ihrem Kopf nur eine Schlussfolgerung zu: Sie hatte Christian umgebracht.

In der Ferne konnte sie bereits die Sirene der Polizei hören. Nur noch wenige Sekunden, dann wären ihre Retter in der Not da.

Die Welt explodierte in einem Feuerball. Für den Bruchteil einer Sekunde sah Susi die Trümmer der Villa direkt auf ihr Auto zufliegen, dann zerriss es ihr das Trommelfell und ein bohrender Schmerz an ihrer Stirn verdunkelte ihre Sicht. Bis schließlich alles schwarz um sie wurde.

32

Heute, nachmittags

Susi öffnete ihre Augen. Neben ihr piepste es leise. Sie sah an die weiße Zimmerdecke, die sie an ein Krankenhaus erinnerte. Als sie den Kopf heben wollte, durchfuhr sie ein stechender Schmerz, der sie sofort zwang, ihren Kopf wieder auf dem Kissen abzulegen. Sie schloss ihre Augen kurz, um die flackernden Punkte loszuwerden, die ihr Sichtfeld beeinträchtigten. Als sie sich mit der Hand an die Stirn fasste, fühlte sie einen Verband, der um ihren Kopf gewickelt war. *Was ist bloß passiert? Hat mich jemand niedergeschlagen?*

Noch mit geschlossenen Augen kamen die letzten Bilder unscharf an die Oberfläche. Bilder von dem Mann, der mit aufgeschnittener Kehle auf dem Wohnzimmerboden lag und noch zuckte. Bilder von ihrem ehemaligen Chef, der nackt an einen Sessel gefesselt war. Bilder von Leonie, die aus dem Haus wankte und dann davonfuhr. Bilder von dem SUV, der vom Grundstück raste. Bilder von dem Feuer, das in der Villa loderte. An alles, was danach geschehen war – daran erinnerte sie sich nicht mehr.

Sie hörte Schritte, die näher kamen, und spürte einen kalten Luftzug auf ihrer Haut. Sie öffnete die Augen.

»Frau Barlang?«, hörte sie eine vage bekannte Stimme, die sie im ersten Moment nicht richtig einordnen konnte. Sie schaute in die Richtung, aus der die Stimme kam, und erkannte den Mann.

Sie musste sich zuerst räuspern, bevor sie einen Ton herausbrachte. »Ja.« Ihr Mund war trocken wie die Wüste Gobi.

»Wir kennen uns bereits. Können Sie sich an mich erinnern? Ich bin Kommissar Halbtreu. Sie haben mich angerufen, kurz bevor Sie ohnmächtig wurden. Das ist mein Kollege Winter. Den müssten Sie auch kennen. Können Sie uns sagen, was genau passiert ist?« Er zog einen Stuhl an ihr Bett heran und nahm Platz. Ein Lächeln zog sich über sein Gesicht. Sein Kollege blieb hinter ihm stehen.

»Ja, ich kann mich an Sie beide erinnern. Sie haben damals die Anzeige von Corinne aufgenommen.«

»Genau, so ist es. Laut meinen Unterlagen ist das bereits circa ein Jahr her. Sie erwähnten ja Frau Heimgartner in Ihrem Anruf. Was genau ist in der Villa vorgefallen?«

Susi griff sich wieder an den Kopf. Ihr Schädel brummte, als fuhr gerade ein Traktor darüber. Sie seufzte und versuchte, ihre wirren Gedanken zu ordnen. »Haben Sie Christian gefunden? Lebt er noch? Geht es ihm gut?«

Werner Halbtreu drehte sich kurz zu seinem Kollegen um, dann sprach er mit belegter Stimme: »Es hat in der Villa keiner die Explosion überlebt. Wir haben bereits alle vier Leichname in die Obduktion bringen lassen. Nähere Einzelheiten haben wir im Moment nicht. Die Identifizierung der Opfer wird noch etwas dauern, da alle Körper stark verbrannt sind. Erzählen Sie uns bitte, was Sie wissen.«

Die ersten Tränen stiegen Susi in die Augen. Sie hatte es gewusst, alle waren sie tot. Alle bis auf … Mitten in ihren Gedanken stoppte sie und schaute zu dem Kommissar, der sie mit großen Augen ansah, weil er auf eine Antwort wartete.

»Was ist mit Mosers Frau?«, fragte sie.

»Die ist bereits benachrichtigt worden von uns. Sie ist über den Tod ihres Mannes sehr erschüttert. Genauso wie ihre Tochter.«

Susi versuchte, sich in ihrem Bett aufzurichten. *Nein, das kann so nicht gewesen sein. Das habe ich anders in Erinnerung.* Langsam kamen alle Details wieder hoch, und aus den Bildfetzen, die zuerst nur schemenhaft in ihrem Gedächtnis aufgetaucht waren, formte sich binnen Sekunden ein klares Bild.

»Nein, nein«, sagte sie. »So kann es nicht gewesen sein. Frau Moser hat etwas damit zu tun. Genauso wie Mosers Tochter. Beide waren in der Villa.«

»Was?«, hakte Halbtreu nach. »Wann war das? Erzählen Sie mir bitte alles von Anfang an. Wir werden das natürlich überprüfen.«

»Ich habe mit Christian telefoniert, als ich erfahren habe, dass Corinne sich heute in der Früh umgebracht hat. Zu diesem Zeitpunkt war er bereits in der Villa. Dann bin ich dort hingefahren, und als ich ankam, war Herr Moser nackt an einen Sessel gefesselt. Seine Rechtsanwältin war an einem Heizungsrohr angebunden und …« Susi stockte mitten im Satz, und Halbtreu sah sie erwartungsvoll an. »Wie viele Leichen haben Sie gefunden, sagten Sie?«

»Vier. Warum fragen Sie?«

Susi stutzte einen kurzen Moment. Gedanklich zählte sie die Anwesenden durch. Sie überlegte und sprach: »Ach, nur so.«

»Und was ist dann passiert, als Sie bereits in der Villa waren? Sie haben vorher mitten im Satz aufgehört zu sprechen.«

»Ach so, ja genau«, fuhr Susi fort. »Also, Christian hat mich, als ich ihm sagte, dass er sich der Polizei stellen soll und es noch nicht zu spät ist, gefesselt und in mein Auto gebracht. Ich habe gesehen, dass Christian die Tochter aus dem Haus gestoßen hat, und Minuten später ist der SUV von Mosers Frau aufgetaucht. Gerade als ich mit Ihnen telefoniert habe, ist sie vom Grundstück runtergefahren, und ich sah im Wohnzimmer bereits das Feuer ...« Susi beugte sich zur Seite und kramte in dem Nachtschränkchen, das neben ihrem Bett stand. »Wo ist denn mein Telefon?«, fragte sie und schaute zu Halbtreu. »Ich hatte es noch, als ich mit Ihnen telefoniert habe.«

Werner Halbtreu stand von seinem Stuhl auf und suchte den kleinen Kasten ab. Dann ging er zu den Kleiderschränken und öffnete sie. Nach wenigen Minuten schüttelte er den Kopf. »Ich werde sofort die Krankenschwester fragen, wo die Sachen sind, mit denen Sie hier eingeliefert wurden. Befinden sich etwa Fotos auf Ihrem Handy, die uns weiterhelfen können?«

Susi schüttelte den Kopf. Natürlich wusste sie, dass auf ihrem Handy Beweismaterial war. Die Sprachnachrichten könnten für die Polizei wichtig sein, allerdings wollte sie zum jetzigen

Zeitpunkt noch nicht damit herausrücken. Sie musste sie zuerst selbst hören, um zu wissen, was in der Villa überhaupt vor sich gegangen war. Und vor allem aufgrund der neuen Information, die Halbtreu ihr gegeben hatte, konnte sie auf keinen Fall mehr sagen, was Christian betraf. Inständig hoffte sie, dass er der Explosion entkommen war. Allerdings könnte auch Moser von seiner Frau befreit worden sein.

Halbtreus Kollege Winter machte eine eindeutige Handbewegung, um zu zeigen, dass er sich darum kümmerte. Dann verließ er das Krankenzimmer.

Kommissar Halbtreu kam wieder zu ihrem Bett und setzte sich auf den Stuhl. »Frau Barlang. Sie sagen also, dass sowohl Frau Moser als auch ihre Tochter am Tatort waren? Und Sie sind sich da absolut sicher?«

Susi nickte.

Halbtreu holte sein Handy aus der Tasche und gab die Information an die Dienststelle weiter.

33

Heute, nachmittags

Werner Halbtreu hatte gerade erst im Vernehmungszimmer Platz genommen, als Leonie Moser bereits protestierte.

»Was soll ich denn hier?«, sagte Leonie lautstark. »Ich wurde hierhergeschleift. Das ist Freiheitsberaubung!« Sie lehnte sich in ihrem Stuhl zurück und verschränkte die Arme vor dem Oberkörper.

»Ich habe ein paar Fragen an Sie. Und Sie wurden nicht hierhergeschleift, sondern sind mitsamt Ihrer Mutter zum Revier gebracht worden. Also von Freiheitsberaubung kann gar keine Rede sein, Frau Moser. Oder darf ich Leonie sagen? Sie sind ja noch sehr jung.«

»Ist mir egal. Lassen Sie mich hier raus. Ich habe Ihnen nichts zu sagen.«

»Also gut, Leonie«, sagte Halbtreu und nickte seinem Kollegen Winter zu, der auch in den Verhörraum trat und neben ihm Platz nahm. »Wir haben Grund zu der Annahme, dass Sie heute in der Villa Ihres Vaters waren und uns zu den Vorkommnissen, die dort stattfanden, etwas sagen können.«

Leonie starrte Halbtreu an. Sie biss sich auf die Unterlippe, und ihr rechter Fuß begann zu wippen.

Für Halbtreu war das ein eindeutiges Zeichen, dass sie etwas zu verbergen hatte. Schließlich machte er seinen Job nicht erst seit gestern.

Doch Leonie schwieg.

Halbtreu setzte erneut an: »Leonie! Es hat keinen Zweck zu schweigen. Wir finden die Wahrheit sowieso heraus. Wir wissen auch, dass Ihre Mutter sich in der Villa befand. Also raus mit der Sprache.«

»Er hat alle umgebracht«, sagte sie schließlich und sah ihm dabei direkt in die Augen.

»Wer hat alle umgebracht?«

»Na, der Typ, der bei Papa eingebrochen ist. Er hat alle getötet und dann die Villa in Brand gesteckt.«

»Also waren Sie heute dort?«, fragte Halbtreu. »Verstehe ich das richtig?«

»Ja, ich war doch mit Papa verabredet zum Frühstück. Mama war in ihrer Stadtwohnung, so wie immer unter der Woche. Ich hatte heute keine Uni, somit wollte ich Zeit mit Papa verbringen.«

»Was genau ist dort vorgefallen?«

»Er hat allen die Kehle durchgeschnitten und

dann das Haus in Brand gesteckt.« Leonies Stimme klang sehr hektisch.

Halbtreu schaute zu seinem Kollegen Winter, der den Kopf schüttelte. Dann wandte er seinen Blick wieder Leonie zu. »Also, er hat in Ihrem Beisein alle Anwesenden getötet und dann das Haus in Brand gesetzt. Aber wieso konnten Sie entkommen?«

»Er hat mich gehen lassen, als alle anderen bereits tot waren. Er meinte, ich kann für das alles nichts.«

»Aha. Jetzt stellen sich mir natürlich zwei Fragen. Die erste wäre: Wieso haben Sie nicht die Polizei gerufen? Und die zweite: Wieso wissen Sie, dass er das Haus in Brand gesteckt hat, wenn Sie doch angeblich zu diesem Zeitpunkt nicht mehr im Haus Ihres Vaters waren.«

»Ich hatte Todesangst, als ich aus seinen Fängen entkam. Ich habe Mama angerufen, die mich natürlich sofort holte. Wenn nicht dieser Kerl, wer sollte denn sonst die Villa angezündet haben?«

Halbtreu schaute wieder zu Winter, dieser hob seine Schultern. »Okay, Sie bleiben hier. Ich muss mich mit meinem Kollegen beraten. Ich lasse Ihnen in der Zwischenzeit etwas zu trinken bringen, ja? Wasser, Cola, Kaffee? Was darf es sein für das junge Fräulein?«

»Eine Cola, bitte.«

Halbtreu und Winter verließen den Vernehmungsraum. Die Polizistin, die die ganze Zeit in der Ecke des Raumes gestanden und die Vernehmung überwacht hatte, stellte sich neben die Tür. Schließlich sollte Leonie keine Möglichkeit zur Flucht haben.

»Die Kleine lügt doch.« Halbtreu war bereits zwei Schritte von der Tür weggegangen und drehte sich nun zu Winter um. »Harald Moser wurde ein Messer mitten ins Herz gerammt. Bei den anderen konnten aufgrund der Verbrennungen keine äußerlichen Verletzungen festgestellt werden. Die Sache stinkt zum Himmel. Sie verbirgt etwas vor uns. Vielleicht will sie ihre Mutter schützen. Was denkst du?«

»Du glaubst wirklich, dass Mosers Frau etwas damit zu tun hat?«, wollte Winter wissen. »Dass sie alle umbrachte und dann die Villa zum Explodieren brachte? Warum denn bloß? Was hätte sie denn für ein Motiv? Denkst du nicht, dass es dieser Christian Schmitz war. Der hatte doch das stärkste Motiv.«

»Das ist unsere Arbeit, dies herauszufinden«, sagte Halbtreu und steuerte zielsicher auf seinen Schreibtisch zu.

34

Heute, nachmittags

Gerade eben hatte der Arzt das Krankenzimmer verlassen, nicht ohne Susi vorher eine Standpauke zu halten, was ihre heutige Entlassung betraf. Man ließ sie einen Revers unterschreiben, dass sie sich auf eigene Verantwortung selbst entließ. Aber das war Susi egal. Sie musste auf dem schnellsten Weg zu ihrem Auto, das noch auf dem Parkplatz vor der Villa stand – jedenfalls laut Aussage von Kommissar Halbtreu. Und dort war vermutlich auch ihr Handy.

Sie verschwand ins Badezimmer und zog sich ihre Kleidung wieder an. Diese war schmutzig, und auf der Weste befanden sich kleine Blutflecken. Aber sie hätte sich auch einen Kartoffelsack übergezogen. Jetzt zählte nur mehr eines: die Wahrheit herausfinden.

Schnurstracks verließ sie das Krankenhaus und stieg in eines der Taxis, die vor dem Gebäude warteten. Die ganze Fahrt über dachte sie nach, was sie wohl bei der Villa erwarten würde. Die Gedanken waren nicht so einfach zu ordnen, denn ihr Schädel brummte gewaltig, und auch ihr

Oberarm, der ebenfalls bandagiert war, schmerzte. *Definitiv waren es fünf Personen, die beim Eintreffen von Mosers Frau in der Villa waren. Somit hätten es auch fünf Leichen sein müssen. Allerdings wurden nur vier gefunden. Wer konnte entkommen? Wie hat der- oder diejenige das bloß geschafft? Und was ist passiert in der Villa von dem Zeitpunkt an, als Christian sie hinaus ins Auto brachte?*

Die Fahrt dauerte fast zwanzig Minuten, und je näher sie ihrem Ziel kam, umso mehr stieg die Hoffnung, endlich alles herauszufinden. Endlich Antworten auf die unzähligen Fragen zu bekommen, die ihr Hirn beschäftigten. Hoffentlich würden die Sprachnachrichten Licht ins Dunkel bringen.

Das Taxi fuhr bereits die Einfahrt hoch, und Susi sah das Absperrband, das zwischen den Torpfosten gespannt war. Der Taxifahrer hielt an und ließ Susi aussteigen.

»Soll ich hier warten?«, fragte der nette junge Mann, als Susi die hintere Tür öffnete.

»Ja, bitte. Ich komme gleich wieder.«

Sie wusste von Kommissar Halbtreu, dass sie mit ihrem Auto nicht mehr fahren konnte. Die Windschutzscheibe war bei der Explosion von einer Keramikfigur in Form eines Adlers, die auf einer der beiden Säulen am Treppenaufgang gestanden hatte, zerstört worden. Diese hatte auch die Kopfverletzung bei Susi verursacht.

Ihr Herz schlug ihr bis zum Hals. Ein Bild der Verwüstung breitete sich vor ihr aus. Die Explosion im Inneren des Hauses hatte auch vor dem Äußeren nicht haltgemacht. Das Dach der Villa war vollständig abgebrannt, sodass nur noch qualmende Balken zu sehen waren. Die Fassade rund um die Fenster war verkohlt. Glasscherben und Trümmer lagen überall in der Einfahrt verstreut herum.

Soll ich einen Blick ins Innere wagen? Nur für einen kurzen Moment stellte sie sich diese Frage, allerdings verwarf sie sie gleich wieder. Denn was sollte sie im Haus herausfinden wollen? Es waren doch ohnehin alle möglichen Spuren verbrannt. Davon abgesehen hatte die Polizei doch sicher alles schon durchsucht. Somit wandte sie sich wieder ihrem Auto zu. Die Windschutzscheibe hatte Abertausende Sprünge, und auf der Beifahrerseite prangte ein riesiges Loch, das vermutlich von der Keramikfigur stammte.

Durch die offene Beifahrertür gelangte sie ins Innere des Autos. So zerbeult wie die Tür aussah, war sie vermutlich von der Feuerwehr aufgebrochen worden, um Susi zu befreien. Im vorderen Bereich fand sie nichts. Somit schaute sie sich auf der Rückbank um. Und dann kam ihr ein Quäntchen Glück zu Hilfe, denn genau in diesem Moment läutete ihr Telefon. Sie sah es unter dem Beifahrersitz blinken, und da fiel ihr wieder ein, dass sie das Handy hatte fallen lassen, als sie das Feuer in der Villa gesehen hatte.

Ein paar Verrenkungen später hielt sie ihr Telefon in den Händen. Der Anrufer hatte in der Zwischenzeit aufgegeben, und die Melodie war verstummt. Susi schaltete das Display ein. Unzählige Anrufe von ihrem Lebensgefährten und von ihrer Arbeitskollegin erschienen als Erstes. Doch in diesem Moment galt ihre Aufmerksamkeit etwas anderem: den Sprachnachrichten. Ihre Hände zitterten vor Aufregung, als sie auf die Play-Taste der zuletzt empfangenen Nachricht drückte. Sie hörte das Gespräch mit der Richterin. Tränen stiegen ihr in die Augen, als ihr bewusst wurde, dass dies die letzte Aufnahme gewesen sein könnte, die Christian gemacht hatte. Dass das Ende der ganzen Aufzeichnungen vielleicht auch das Ende von Christian bedeutete. Sie merkte, dass die Schmerzmedikamente, die sie im Krankenhaus bekommen hatte, langsam nachließen, und in ihrem Kopf begann wieder ein Krieg auszubrechen.

Ich muss nach Hause. Dort habe ich die nötige Ruhe, um mir das anzuhören.

Während sie noch mit ihren Gedanken beschäftigt war und wieder zurück zum Taxi ging, hegte auch jemand anders Gedanken an sie, doch diese hatten nichts mit der Ruhe zu tun, die Susi dringend brauchte.

35

Heute, nachmittags/abends

Er hoffte, dass Susi bald kommen würde. Er harrte bereits seit Stunden vor ihrem Haus aus. Das Auto hatte er ein paar Straßen weiter abgestellt. Er kam sich vor wie ein Einbrecher, der hinter dem Gebüsch hockte und nur auf eine günstige Gelegenheit wartete, um endlich seinen Job zu erledigen. Was sollte er bloß sagen, wenn er ihr gegenüberstehen würde? Wie sollte er ihr das alles erklären? Er musste in erster Linie verhindern, dass sie die Polizei rief. Tausend Gedanken schossen ihm durch den Kopf. Und mit jeder Minute, die er länger auf Susi wartete, waren es mehr Fragen als Antworten.

Ein Taxi bog um die Ecke und blieb tatsächlich vor Susis Haus stehen, und gleich darauf sah er, dass Susi sich auf den Weg zur Haustür machte. Das Taxi fuhr weiter.

Er nahm all seinen Mut zusammen, sprang aus dem Gebüsch heraus und rannte auf die andere Straßenseite. Susi hatte in der Zwischenzeit die Haustür aufgesperrt, trat ins Innere und ließ die Tür ins Schloss fallen. Im letzten Moment ergriff er die Tür und öffnete sie einen Spalt. Er lugte hinein – im Vorraum befand sich niemand mehr. Dann hörte er ein Klimpern einen Raum weiter, gleich darauf füllte jemand Wasser in einen Behälter. Er betrat den Flur und schloss leise die Tür hinter sich. Er ging dem Klimpern entgegen.

Sie stand in der Küche, hatte ihm den Rücken zugedreht, und stellte gerade den Teekessel auf das Ceranfeld. Noch könnte er ungesehen aus dem Haus fliehen. Noch war es nicht zu spät. Doch sie musste seine Anwesenheit gespürt haben, denn sie drehte sich blitzartig um und starrte ihn an.

36

Heute, nachmittags/abends

Sie betrat ihr Haus und war froh, hier zu sein. In ihren gewohnten vier Wänden. Sie würde sich eine Tasse Tee machen, sich dann auf das Sofa setzen, ihre Lieblingsdecke um ihre Füße wickeln und sich alles anhören, was Christian ihr geschickt hatte. Gerade ließ sie das Wasser in den Teekessel laufen, da überkam sie ein mulmiges Gefühl. Dieser berühmte sechste Sinn, der einsetzte, wenn etwas aus den Bahnen lief. Aber was sollte schon noch Schlimmeres passieren als das, was sie heute in der Früh gesehen hatte? Was könnte diese Grausamkeit wohl noch überbieten? Sie tat dieses Gefühl einfach als Einbildung ab, und somit verschwand es auch gleich wieder. Doch als sie den Teekessel auf den Herd stellte, kam dieses Gefühl erneut in ihr hoch. Stärker als zuvor. Es war fast so, als würde sie jemand beobachten. Sie drehte sich um, und da stand er im Türrahmen. Sie traute ihren Augen kaum. Es konnte sich hierbei doch nur um eine optische Täuschung handeln.

»Christian? Bist du es wirklich?«, stammelte sie.

Er stand da, regungslos, und nickte. Er sagte kein Wort.

Sie konnte ihr Glück nicht fassen, und ihr Herz machte einen kleinen Luftsprung vor Freude. Sie rannte auf ihn zu und schlang ihre Hände um seinen Kopf. Er zuckte zurück. Durch seine plötzliche Bewegung schrak sie auf und sah, dass an ihren Händen Blut klebte. Ein spitzer Schrei entfuhr ihr. »Christian, du blutest! Ich rufe dir einen Krankenwagen.«

Sofort umfasste er ihre Hände und sagte: »Nein. Keine Rettung, keine Polizei. Ich hab zwar einen ordentlichen Brummschädel, aber, bitte, du musst mir helfen. Die Sache mit Moser, die ich aufgedeckt habe, hat viel größere Ausmaße, als ich anfangs dachte. Hast du meine Sprachnachrichten abgehört?«

»Nein, noch nicht. Ich wollte warten, bis ich hier bin«, antwortete sie. Der Teekessel pfiff auf der Herdplatte, und sie drehte sich um und nahm ihn herunter.

»Hast du der Polizei erzählt, dass ich alles aufgenommen habe? Die Geständnisse?«

»Nein, ich habe darüber kein Wort verloren. Ich wollte es zuerst sagen, doch als ich erfahren habe, dass nur vier Leichen gefunden wurden, habe ich es vorgezogen, darüber zu schweigen.

Ich musste wissen, wer aus dem Feuer entkommen ist. Wie bist du dort bloß rausgekommen? Ich hatte doch die ganze Zeit die Haustür im Blick.« Sie kramte im Tiefkühlschrank, holte eine Packung Erbsen heraus und gab diese, in ein sauberes Küchentuch gewickelt, Christian.

Er drückte alles auf seinen Hinterkopf und stöhnte leicht, als die Kälte seine Wunde erreichte.

Susi holte in der Zwischenzeit eine zweite Tasse aus dem Oberschrank, schnappte sich das Tablett und stellte die Teekanne mit den beiden Tassen darauf. »Lass uns ins Wohnzimmer gehen. Dort können wir in Ruhe reden, und du erzählst mir, woher du deine Verletzung hast.«

37

Heute, nachmittags/abends

Christian hatte auf dem Sofa Platz genommen. Susi stellte das Tablett ab und goss den Tee in die Tassen ein. Dann setzte sie sich rechts neben ihn, schaute ihn fragend an, sagte aber kein Wort.

Christian räusperte sich und griff zur Tasse. Allerdings war der Tee noch zu heiß zum Trinken. Er stellte die Tasse wieder ab und schaute Susi an. »Ich habe mir mein Handy geschnappt und bin durch die Hintertür raus ins Freie. Also auf demselben Weg, auf dem ich auch ins Haus gekommen bin. Ich war noch nicht weit, auf einmal gab es einen furchtbaren Knall hinter mir, der mich zu Boden gerissen hat. Direkt neben mir schlugen herumfliegende Trümmer ein. Aber ich habe nicht zurückgeschaut. Ich war nur heilfroh, dass mich nichts getroffen hat.«

Susi starrte ihn wie gebannt an.

»Als ich merkte, dass die Gefahr vorüber war, rappelte ich mich wieder auf und rannte zu meinem Auto. Ich musste über die Steinmauer klettern, was diesmal erheblich schwerer war als noch Stunden zuvor. Dann rannte ich zu dem Waldweg, in dem ich mein Auto abgestellt hatte.

Ich hatte den Motor bereits gestartet, da hörte ich eine Sirene und sah Momente später die Feuerwehr auf der Bundesstraße vorne vorbeifahren. Ich wischte mir schnell das Blut aus dem Gesicht, schließlich durfte ich um keinen Preis auffallen ...« Christian stockte kurz, bevor er weitersprach. »Ich habe mir solche Sorgen um dich gemacht. Dass dir etwas passiert ist. Ich hätte dein Auto ein Stück weiter unten abstellen sollen, dann wärst du nicht verletzt worden. Aber gut, ich hatte alles anders geplant, als es gekommen ist.«

Erst jetzt reagierte Susi wieder. Sie hatte sich, während Christian erzählt hatte, keinen Millimeter bewegt. »Vergiss meine Verletzung. Das ist nur eine Platzwunde.« Sie legte ihre Hand auf seine. »Christian, was genau hattest du denn geplant? Wolltest du Moser wirklich umbringen? Und alle anderen? Was in Teufels Namen hattest du denn vor?«

Christian seufzte. Die Gedanken rauschten in seinem Kopf kreuz und quer, wie auf einem Knotenpunkt der Grazer Autobahn. »Ich habe Corinne gefunden. Mitten in der Nacht. Du weißt doch, ich habe immer an ihrer Seite geschlafen. Ich ließ sie doch nie aus den Augen. Doch letzte Nacht war ich todmüde. Ich habe nicht gehört,

197

dass sie aufgestanden ist.« Christian musste das Schluchzen unterdrücken. Er hatte Mühe, überhaupt noch einen klaren Gedanken zu fassen. Er spürte, dass Susi seine Hand fester drückte. Sie wartete geduldig, bis er wieder so weit war, um weiterzusprechen. »Dieses Bild kriege ich wohl nie wieder aus meinem Kopf. Ich wollte sie rächen. Ich wollte, dass Moser genauso leidet, wie Corinne es getan hat. Verstehst du?« Christian sprang vom Sofa auf und rannte unruhig hin und her. »Ja, ich wollte ihn töten. Tausende von Mordideen schossen mir durch den Kopf, doch als ich Leonie so dasitzen sah, über und über mit Blut und Sperma besudelt, wurde mir klar, dass ich, wenn ich alle umbringe, auch Unschuldige töte. Sie waren sich doch alle dessen nicht bewusst, was Corinne und ich durchgemacht haben. Plötzlich konnte ich wieder klarer denken. Zuvor hatte ich – wie soll ich sagen? – einen Schleier vor Augen gehabt, vor Wut und Trauer. Die Einzigen, die es nicht verdient hatten, weiterzuleben, waren Moser und Kevin. Alle anderen hätten überlebt. Mehr oder minder. Natürlich wären sie gezeichnet fürs Leben. Aber das wäre eine gerechte Strafe gewesen. Findest du nicht?« Christian blieb stehen und sah wieder zu Susi.

Sie nickte nicht, allerdings schüttelte sie auch nicht den Kopf. Sie tat eigentlich nichts, außer ihn anzusehen.

Er wartete auf ihre Antwort, doch es kam nichts. Also sprach er weiter: »Ich war bereits kurz vor dem Finale. Nur noch das Geständnis von Moser hat mir gefehlt. Ich habe bereits mit meinen Fragen angefangen, da spürte ich plötzlich einen harten Schlag auf den Hinterkopf. Noch während ich fiel, hörte ich eine weibliche Stimme hinter mir: ›Du hast alles kaputtgemacht‹, dann wurde es schwarz um mich herum. Ich verstehe noch immer nicht, wie es möglich war, dass jemand unbemerkt ins Haus kommen konnte.«

Susi war mittlerweile leichenblass geworden. Sollte er aufhören, ihr davon zu erzählen? Doch das ging nicht. Er war schon so weit gekommen, nun musste sie alles erfahren. Er brauchte ihre Hilfe. Mehr als je zuvor.

»Während ich dort lag«, fuhr er fort, »sah ich Corinne, die mir ihre Hand reichte. Ich fühlte mich so glücklich, als ich ihr Lächeln wiedersah. Das habe ich lange Zeit vermisst. Ich nahm ihre Hand, die Schnittwunden, die sie sich selbst zugefügt hatte, waren verschwunden. Und sie strahlte eine Zufriedenheit aus. Sie sprach mit mir. Sie sagte, ich muss weiterleben, sie wolle nicht, dass ich jetzt schon zu ihr komme. Sie würde hier auf mich warten und immer bei mir sein, und sie würde mich beschützen, so wie ich sie beschützt habe. Dann war sie plötzlich fort. Im ersten Moment war ich todtraurig, doch irgendetwas in mir drinnen zwang mich zu leben. Als ich wieder zu mir kam, roch ich bereits den Rauch, und genau in diesem Moment hörte ich die Haustür ins Schloss fallen. Ich musste dort raus, wenn ich nicht sterben wollte. Corinne hätte das nicht gewollt.« Er schaute zu Susi.

Ihr rannen die Tränen die Wangen hinunter, und sie schluchzte leise. Dann flüsterte sie: »Ich bin froh, dass du auf Corinne gehört hast. Sie wird über dich wachen.« Sie deutete mit ihrem Zeigefinger nach oben. »Auf einer Wolke ist auch meine Oma, die über mich wacht und auf mich aufpasst. Die beiden haben sich zwar nie kennengelernt, aber sie werden sich gut verstehen. Da bin ich mir sicher.«

Susis Worte trafen ihn mitten ins Herz. Ja, Corinne würde nicht allein sein, und sie würde auf ihn warten und auf ihn aufpassen. Und er musste leben. Er musste für die Gerechtigkeit kämpfen.

38

Heute, abends

Draußen war es schon finster. Werner Halbtreu machte sich gerade auf den Weg nach Hause zu seiner Frau und zu seiner kleinen Tochter.

Er hatte den ganzen Nachmittag damit verbracht, aus den beiden Moser-Frauen irgendwelche brauchbaren Informationen herauszubekommen. Doch Leonie Moser hatte ihm immer wieder die gleiche unwahrscheinliche Story erzählt, und ihre Mutter hatte zu der ganzen Sache hartnäckig geschwiegen. Und was Halbtreu sehr stutzig machte, war, dass keine der beiden Damen einen Anwalt verlangte.

Aber wie in Gottes Namen soll ich beweisen, dass die beiden mehr wissen, als sie zugeben?

Er hatte sich darüber bereits stundenlang den Kopf zerbrochen. Nur die Aussage von Frau Barlang reichte nicht aus. Diese konnte lediglich untermauern, dass beide am Tatort waren. Allerdings nicht, was in der Villa geschehen war.

Halbtreus Diensthandy läutete. Er schaute auf das Display und sah, dass es Frau Barlang war. Ihr musste noch etwas eingefallen sein. Er nahm das Gespräch entgegen.

»Halbtreu? Bitte schön, Frau Barlang.«

»Kommissar Halbtreu. Bitte kommen Sie so schnell, wie es Ihnen möglich ist, bei mir vorbei. Es ist wirklich sehr dringend.«

Halbtreu seufzte. Er schaute auf die Uhr. Wenn er seine Tochter heute noch sehen wollte, dann musste er in spätestens einer Stunde zu Hause sein. Ansonsten konnte er ihr, wie schon so oft, nur noch einen Kuss auf die Stirn geben, wenn sie bereits schlief. Kurz überlegte er. »Ja, ich komme bei Ihnen vorbei. Sind Sie noch im gleichen Zimmer?«

»Nein, ich bin bereits zu Hause. Ich wurde … entlassen.«

»Gut, schicken Sie mir bitte Ihre Adresse auf mein Handy. Wir sehen uns gleich.« Er beendete das Gespräch, und eine Minute später wusste er, in welcher Straße sie wohnte. Wenigstens lag diese auf seinem Nachhauseweg, und er musste dafür keinen Umweg fahren. Immerhin etwas.

***

Knappe zehn Minuten später kam er bei Frau Barlang zu Hause an und stellte sein Auto direkt in der Einfahrt ab. Er schnappte sich sein Telefon und stieg aus dem Auto aus. Er war noch nicht an der Tür angelangt, da öffnete sie ihm Susi bereits.

»Herr Kommissar. Treten Sie ein. Danke, dass

Sie so schnell kommen konnten.«

»Ihr Haus liegt auf meinem Heimweg, somit hat es gerade gepasst.«

Susi machte eine einladende Geste, und Halbtreu betrat den Vorraum. Während Susi die Tür schloss, sagte sie: »Bitte einfach gerade aus ins Wohnzimmer gehen.«

Halbtreu ging die wenigen Schritte, und als er sah, wer sich noch in diesem Haus aufhielt, blieb ihm fast die Spucke weg. Christian Schmitz. Er erkannte ihn sofort, trotz seines bemitleidenswerten Anblicks. Er hatte sich heute Nachmittag erst die Personaldaten von ihm kommen lassen und daher noch sein Bild im Kopf. Im ersten Moment überlegte er, seine Waffe zu ziehen, doch als er Christian ansah, konnte er sich nicht vorstellen, dass er ihn angreifen würde. Sicherheitshalber legte er seine Hand auf den Griff seiner Pistole und machte den Druckknopf des Halfters auf.

Susi hatte auf dem Sofa Platz genommen und bot Halbtreu an, sich auf einen Hocker zu setzen. Allerdings winkte dieser dankend ab.

»Kommissar Halbtreu«, sagte sie. »Ich muss Ihnen etwas vorspielen. Christian Schmitz kennen Sie bereits, nehme ich an.«

Halbtreu nickte, und Susi drückte auf die Play-

Taste ihres Handys. Halbtreu hörte eine weibliche Stimme sprechen, und dazwischen erklang noch eine männliche Stimme. Allerdings konnte man nicht genau verstehen, worum es in dem Gespräch ging.

»Was ist das?«, fragte Halbtreu. »Und vor allem – wer ist das?«

»Ich habe Ihnen doch erzählt, dass Mosers Frau auch in der Villa war«, sagte Susi. »Sie hat Christian niedergeschlagen, wie man unschwer erkennen kann. Und auch ihren Mann getötet. Christian hat zu dieser Zeit gerade das Geständnis von Harald Moser aufgenommen, als dessen Frau ins Haus eingedrungen ist. Als Christian auf dem Boden zusammengesunken ist, hat das Telefon weiter aufgenommen. Nur das wusste eben keiner. Gibt es für Sie eine Möglichkeit, dass Sie das Gespräch bearbeiten, sodass man versteht, was Frau Moser und die anderen Beteiligten sagen?«

»Natürlich gibt es die«, sagte Halbtreu. »Das ist für unsere Techniker kein Problem. Herr Schmitz, dass ich Sie in Gewahrsam nehmen muss, ist Ihnen klar? Ihnen werden Einbruch und Körperverletzung zur Last gelegt.«

Christian nickte nur und stand vom Sofa auf.

Halbtreu schaute in seine traurigen Augen

und winkte ab. »Bleiben Sie erst mal sitzen. Ich werde zuerst die Kollegen informieren. In der Zwischenzeit können Sie Ihren Tee fertig trinken.« Er deutete auf die Tasse, die noch unberührt auf dem Tisch stand. Dann zückte er sein Telefon und gab der Dienststelle seinen Standort durch. Nachdem er damit fertig war, wandte er sich wieder an die beiden. »Herr Schmitz. Was ist in der Villa vorgefallen?«

Susi reichte ihm ihr Telefon. »Hören Sie sich alle Sprachnachrichten an. Dann werden Sie es erfahren.«

39

Am nächsten Tag

Ein »Guten Morgen« empfing Werner Halbtreu, als er um sieben Uhr die Dienststelle betrat. Was an diesem Morgen gut sein sollte, verstand er allerdings nicht. Er hatte die ganze Nacht kein Auge zugemacht. Immer wieder hatte er den Gedanken gewälzt, was er an Christian Schmitz' Stelle getan hätte. *Wie hätte ich gehandelt?*

Über Nacht waren die Spezialisten mit der Auswertung und Kenntlichmachung der Stimmen auf der letzten Aufzeichnung beschäftigt gewesen. Halbtreu schaltete seinen Computer ein, und während dieser hochfuhr, holte er sich in der Teeküche einen Kaffee. Er nahm einen Schluck und setzte sich zurück an seinen Schreibtisch. Die Mail mit der Aufzeichnung als Anhang war bereits da. Nun würde endlich Klarheit in die ganze Sache kommen.

Er spielte die Audio-Datei dreimal ab, denn er konnte kaum fassen, was er dort hörte. Ganz klar erkannte er Mosers Ehefrau, die ihrem Mann Vorwürfe machte, dass nun ihr Geschäft zusammenbreche. Dass er und alle anderen

Beteiligten endlich von der Bildfläche verschwinden müssten. Auch Harald Mosers Schrei hörte Halbtreu, als sie ihm das Messer in die Brust jagte. Gleich darauf vernahm er ein Telefonläuten. Die Stimme von Mosers Frau erklang: »Nein, ich brauche deine Hilfe nicht. Du kannst wieder umkehren. Ich schaffe das hier allein. Danach waren trotz der Bearbeitung der Experten nur Schritte, Rascheln und leises, unverständliches Gemurmel zu hören.

Er rief in der Untersuchungshaft an und befahl, Leonie Moser sowie ihre Mutter in einen Vernehmungsraum zu bringen. Nun hatte er endlich Beweise gegen die beiden. Nur ein paar Puzzleteilchen passten noch nicht in das große Ganze. Er würde hoch pokern müssen, um die Wahrheit zu erfahren.

***

»Leonie«, sagte Werner Halbtreu, als die junge Frau ihm im Vernehmungszimmer gegenübersaß. »Ich habe bereits den Staatsanwalt informiert, und Ihre Mutter hat einen Rechtsanwalt für Sie besorgt. Beide werden bei dieser Vernehmung anwesend sein.«

Es klopfte an der Tür, und ein Herr in Anzug und Krawatte betrat den Raum. Er stellte sich als Rechtsanwalt Gruber vor und nahm neben

Leonie Moser Platz.

»Brauchen Sie einen Moment mit Ihrer Mandantin?«, fragte Halbtreu.

Der Anwalt winkte ab. »Vielleicht später. Im Moment wird meine Mandantin schweigen.«

»Gut, wie Sie meinen. Ist der Staatsanwalt bereits da?«

»Ja, er kam mit mir und verfolgt das Gespräch aus dem Nebenraum.«

»Dann können wir ja beginnen«, meinte Halbtreu. »Also, Leonie, Sie erzählen mir jetzt, wer Sie und Ihren Freund dazu angestiftet hat, Corinne Heimgartner zu überfallen und krankenhausreif zu schlagen, sodass sie ihr Baby verlor. Und dann erzählen Sie mir, was wirklich in der Villa vorgefallen ist.«

Leonie sah ihn mit verwundertem Blick an. Sie verschränkte ihre Arme vor dem Brustkorb und lehnte sich auf ihrem Stuhl zurück.

»Meine Mandantin wird dazu nichts sagen. Sie bluffen doch. Sie haben keine Beweise gegen sie.«

»Da täuschen Sie sich. Ich habe eine Audio-Aufzeichnung, in der die Stimme ihrer Mutter zu hören ist, die mit jemandem spricht, der ihr anscheinend helfen sollte. Wir haben dieses Telefongespräch natürlich zurückverfolgen lassen. Und stellen Sie sich einmal vor, wer dieser Anrufer war.« Halbtreu machte eine kurze Pause, und der Anwalt zuckte mit den Schultern. »Nico Gerlach. Er ist der langjährige Freund Ihrer Mandantin.«

»Wunderbar. Meine Mandantin hat einen Freund. Ich gratuliere Ihnen, dass Sie das herausgefunden haben. Aber wo sind nun die Beweise? Wenn Sie so weitermachen, dann werde ich dieses Gespräch einfach beenden und die Polizeistation verlassen. Mit meiner Mandantin.«

»Sachte, sachte«, sagte Halbtreu. »Nicht so schnell. Also, Ihre Mandantin und ihr Freund haben Frau Heimgartner überfallen.« Halbtreu zeigte auf Leonie, die mittlerweile nicht mehr so entspannt auf dem Stuhl saß wie noch Minuten zuvor. »Wir haben damals bei dem Überfall auf Corinne Heimgartner im Bereich des Sofas Blutspuren entdeckt. Rattenblut, um ganz genau zu sein. Das waren die einzigen brauchbaren Spuren. Somit muss dieses ›Geschenk‹«, er machte mit seinen Fingern Gänsefüßchen in die Luft, »wieder mitgenommen worden sein. Und als wir vor wenigen Stunden Ihrem Freund Nico einen Besuch abgestattet haben, wissen Sie, was wir in seiner Wohnung gefunden haben? Eine Rattenzucht. Der DNA-Abgleich steht noch aus, aber ich bin mir sicher, dass es sich hierbei eindeutig um ein Exemplar dieser Zucht handelte.«

»Es mag möglich sein, dass der Freund meiner Mandantin damit vielleicht etwas zu tun hat, aber meiner Mandantin können Sie nichts nachweisen.«

»Können wir doch. Wir konnten ebenso zwei Sturmmasken in der Wohnung sicherstellen. An einer klebte noch ein blondes Haar. Gelockt, wohlgemerkt. Wem das wohl gehört?« Halbtreu legte eine künstliche Atempause ein. »Und das Beste kommt jetzt erst: Ihr angeblicher langjähriger Freund sitzt bereits bei uns hier und singt wie ein Vögelchen. Er hat uns bereits alles erzählt. Der Staatsanwalt ist sehr interessiert an seiner Geschichte. Einen Deal halte ich da für nicht ausgeschlossen.« Halbtreu wusste, das war nur ein Bluff. Wenn der daneben ginge, konnten sie Leonie Moser nichts nachweisen. Zumindest nichts, was mit dem Überfall zu tun hatte. Und ihr Freund Nico hatte es bisher vorgezogen, keine Aussage zu machen, seitdem ihm seine Kollegen wegen dringendem Tatverdacht festgenommen hatten. Doch Halbtreus Wahrnehmung täuschte ihn nicht, als er sie anlog, denn mit jedem Wort, das er sagte, wurde sie blasser und sank weiter in sich zusammen.

»Aber wir haben doch ...«, sagte Leonie und wurde sofort von ihrem Anwalt unterbrochen.

»Sagen Sie kein Wort! Sie müssen nichts sagen, wenn Sie sich damit selbst belasten würden.«

»Ach, lassen Sie mich doch in Ruhe. Es ist doch schon alles zu spät. Nico ist ein verlogenes Arschloch. Ich hätte damals auf meine Mutter hören und nicht diesen minderbemittelten Typen nehmen sollen, der nur eine Lehre hat. Ich hätte in meinen Kreisen bleiben sollen. Ja, wir haben den Frauen die »Geschenke« gebracht, aber schließlich mussten wir doch Mama helfen. Und wenn diese Frauen so doof waren und die Polizei verständigten, sollten wir eingreifen. Von wem hätten wir sonst Geld bekommen, damit wir uns unsere teuren Klamotten oder ein Auto kaufen konnten? Das Geschäft musste laufen, und die Frauen, die nicht mitmachen wollten, die mussten eben die Klappe halten. Die Fotos und die Videos wurden sowieso verkauft.«

Werner Halbtreu durfte sich auf keinen Fall anmerken lassen, dass er darüber erstaunt war, was er gerade gehört hatte. Somit setzte er sein Pokerface auf. »Also, Sie geben zu, dass Sie mit Ihrem Freund Corinne Heimgartner verprügelt haben?«

»Ich sage gar nichts mehr. Ich will einen Deal mit der Staatsanwaltschaft.«

***

»Frau Moser.« Werner Halbtreu musste seinen Ärger hinunterschlucken. Diese Frau trieb ihn noch in den Wahnsinn. Egal was er ihr sagte, sie machte ihren Mund nicht auf. »Wir haben genug Beweise gegen Sie in der Hand. Ihre Internetseite haben wir bereits lahmgelegt. Wie kamen Sie bloß auf diese Idee, Frauen zu erpressen und Vergewaltigungsvideos zu verkaufen? Wie abgrundtief widerlich ist so was?«

Offenbar hatte Halbtreu genau ins Schwarze getroffen, denn sie räusperte sich. »Nachdem mein Mann ja nichts auf die Reihe bekam und der Verlag nicht genug Geld abwarf, dass ich und meine Tochter ein gutes Leben führen konnten, musste ich doch etwas unternehmen. Ich bin doch Geschäftsfrau, mein Mann war doch nur ein jämmerlicher Waschlappen.«

»Also ging es nur ums Geld. Verstehe ich das richtig?«

»Ja, natürlich ging es nur ums Geld. Ganz klar. Und die, die nicht mitmachten, mussten wir eben zum Schweigen bringen. Mein Mann war nur ein Mittelsmann. Er hatte nur die Aufgabe, die Frauen anzuschleppen und diese dann zu erpressen. Er war so ein Stümper, und das nicht nur im Berufsleben. Wenn er dieser einen Frau nicht unbedingt hätte kündigen wollen, dann wäre das alles nie passiert, und ich könnte weiter gutes Geld verdienen.«

»Wir haben bereits alle Fotos und Videos sichergestellt«, entgegnete Halbtreu. »Wir werden alle Geschädigten davon überzeugen, gegen Sie auszusagen. Wie ist nun Ihre Version davon, was in der Villa passierte?«

»Meine Version? Wieso? Wie viele haben Sie denn?«

»Ich habe eine Sprachaufzeichnung mit Ihrer Stimme drauf.« Halbtreu deutete auf sein Handy, das er auf den Tisch gelegt hatte.

Frau Moser lachte. »Sie wollen mich wohl verarschen. Wer soll denn das aufgenommen haben?«

»Christian Schmitz. Der Mann, dem Sie in der Villa einen Gegenstand auf den Kopf geschlagen haben.«

»Ach, Sie lügen doch. Der ist tot. Und alles, was sich in der Villa befand, ist durch die Gasexplosion in die Luft geflogen.«

Halbtreu grinste. Auf diesen Moment hatte er gewartet. »Frau Moser? Woher wissen Sie denn, dass es sich bei der Explosion um eine

Gasexplosion gehandelt hat? Ich habe Ihnen das nicht erzählt und auch sonst keiner.«

»Na ja, was sollte es denn sonst für eine Explosion gewesen sein? Schließlich haben wir einen Gasherd besessen. Das liegt doch wohl auf der Hand.«

»Sei es, wie es sei. Sie haben sich bereits verraten. Also erzählen Sie mir: Warum musste Ihr Mann sterben? Warum haben Sie ihm ein Messer mitten ins Herz gerammt? Was ist passiert? Oder soll ich es Ihnen erzählen?«

Frau Moser starrte ihn mit ihren giftgrünen Augen an. Verbissen presste sie die Lippen aufeinander.

Aus der würde er heute wohl kein Wort mehr herausbekommen.

40

Am nächsten Tag

Die Nacht in der Untersuchungshaft hatte Christian schwer zugesetzt. Die ganze Zeit über hatte er an nichts anderes gedacht als an die Strafe, die ihn erwarten würde. Kein Gericht der Welt würde ihn freisprechen. Da war er sich sicher.

»Ich lese Ihnen Ihr Geständnis vor, ja?«, sagte Werner Halbtreu und schaute Christian an, der ihm im Vernehmungszimmer gegenübersaß. Halbtreu setzte ein zufriedenes Lächeln auf und begann zu lesen: »Ihre Daten haben wir ja bereits kontrolliert, somit lese ich nur, was Sie mir erzählt haben: Ich bin in den Morgenstunden am 7. Oktober in die Villa von Moser, Harald eingebrochen, um die Wahrheit zu erfahren. Im Haus selbst befand sich zu diesem Zeitpunkt nur Herr Moser. Später kamen dann noch seine Tochter, der Fotograf, von dem ich den Namen nicht kenne, die Rechtsanwältin von Herrn Moser und die Richterin, die den Fall von meiner Lebensgefährtin Corinne Heimgartner verhandelt hatte, hinzu. Ich habe von allen die Geständnisse aufgenommen, und teilweise habe ich auch die Leute bedroht und leicht verletzt, um endlich die ganze Wahrheit aus ihnen herauszubekommen. Ich habe Frau Barlang informiert, und diese stimmte zu, dass sie in die Villa kommt und die Geständnisse persönlich aufnimmt. Allerdings wollte sie, als sie vor Ort war, zu früh die Polizei rufen, somit musste ich Frau Barlang in ihr Auto einsperren. Ich wollte zu keiner Zeit jemanden töten. Allerdings habe ich der Rechtsanwältin sowie der Richterin und der Tochter von Herrn Moser Schnittwunden zugefügt, um die Wahrheit zu erfahren. Jemand hat mich überwältigt und mit einem schweren Gegenstand niedergeschlagen. Zu diesem Zeitpunkt lebten noch alle. Als ich Minuten später wieder zu mir kam, stand die Villa in Flammen, und ich bin geflüchtet, kurz bevor das Haus in die Luft flog. Ist das so weit korrekt?«

Christian konnte nicht fassen, was Kommissar Halbtreu ihm vorgelesen hatte. Schon bei der Vernehmung gestern war es ihm eigenartig vorgekommen, dass weder Halbtreu noch sein Kollege etwas von dem Mord an dem Fotografen erwähnt hatten. Jedes Mal, wenn Christian über den Fotografen hatte reden wollen, waren seine Worte abgewürgt und das Thema gewechselt worden. Er wollte gerade Widerworte erheben, da legte Halbtreu seinen Zeigefinger auf den Mund und bedeutete ihm, dass er keinen Ton sagen sollte.

Halbtreu redete weiter: »Also, da Sie nicken, nehme ich an, es ist alles korrekt. Bitte antworten Sie deutlich mit einem Ja.«

Christian räusperte sich. »Ja«, kam ihm über die Lippen. Er hatte keine Ahnung, was das nun wieder sollte. Er hatte ein Menschenleben auf dem Gewissen. Wie kam der Kommissar auf die Idee, dieses Geständnis zu verfassen? Er verstand die Welt nicht mehr.

Halbtreu schaltete das Aufnahmegerät aus und stand auf. »Ich bringe Sie in Ihre Zelle. Heute am Nachmittag haben Sie Ihre Verhandlung vor dem Untersuchungsrichter.«

»Aber ...«, sagte Christian und wurde von Halbtreu scharf unterbrochen.

»Kein Aber. Ich bringe Sie in den anderen Trakt hinüber. Ich habe gerade Zeit.« Ein Augenzwinkern folgte, und Christian zog es wieder vor zu schweigen.

Irgendetwas hatte der Kommissar doch vor.

Die beiden gingen einige Schritte, und als sie allein im Gang waren, fing Halbtreu an zu sprechen: »Sie sagen nichts anderes als das, was ich Ihnen gerade vorgelesen habe, ja? So wie ich es verstanden habe, gibt es eine geringe Chance, dass Olaf Herwig, der Fotograf, zum Zeitpunkt der Explosion noch lebte. Die Leichen waren, wie ich Ihnen bereits gestern gesagt habe, stark verkohlt. Somit müssen wir zuerst auf die Obduktionsergebnisse warten. Vorher sagen Sie kein Wort darüber, klar? Als Frau Barlang dort ankam, waren alle anwesenden Personen am Leben. Und Sie haben Frau Barlang nur gefesselt und ins Auto gebracht. Sie werden angeklagt wegen Freiheitsberaubung, Einbruch und Körperverletzung. Wobei der Richter Milde walten lassen wird, hoffe ich zumindest. Ich werde Ihnen einen Psychologen schicken, der Sie untersuchen soll. Sie haben mitgeholfen, wenn auch auf eine ungesetzliche Weise, ein Verbrechen von enormer Größe aufzudecken.«

»Aber auf meinem Messer ...«, sagte Christian.

Werner Halbtreu winkte ab. »Welches Messer? Das Küchenmesser weist keinerlei Spuren auf. Es sind alle Spuren durch das Feuer vernichtet worden. Und auch wenn dort etwas zu finden wäre, Sie haben doch bereits zugegeben, dass Sie die drei Damen und Moser verletzt haben. Und mehr wollte ich nicht wissen.«

»Warum machen Sie das alles für mich?«

»Sie haben einen Fehler gemacht, das ist

richtig. Aber ich werde nicht zulassen, dass Sie dafür Ihr ganzes Leben büßen werden, nur weil ich zu viele Fragen stelle. Ich habe mir die Nacht über Gedanken gemacht, wie ich Ihnen helfen kann. Das Gericht wird entscheiden, wem es Glauben schenkt. Ich habe eine kleine Tochter, wenn ihr oder meiner Frau etwas zustoßen würde ...«

»Danke«, sagte Christian, als Halbtreu die Zellentür abschloss.

41

Am übernächsten Tag

Susi hatte gestern am Abend noch den Artikel aufgesetzt und an ihren neuen Chef geschickt. Fast zwei Stunden hatte sie gebraucht, um alle Einzelheiten dieser Grausamkeiten auszuarbeiten und in Worte zu fassen. Kommissar Halbtreu hatte Christian gestern mit aufs Revier genommen. Allerdings hatte Halbtreu Susi strengstens untersagt, mit einem anderen Kollegen zu sprechen. Sie hatte das Gefühl, dass der Kommissar Christian helfen wollte. Sie hoffte nur, dass ihr Gefühl sie nicht täuschte.

Heute war sie bereits sehr früh aufgestanden, damit sie als Erstes die Zeitung lesen konnte. Als sie die *Österreich* aus ihrem Briefkasten holte, konnte sie es kaum mehr abwarten und schaute sofort auf die Titelseite. Dort prangte in großen Lettern:

›*Angesehener Grazer Verlagschef erpresst seine Mitarbeiterinnen mit Sexfotos.*‹

Ein Foto von Moser mit seiner Frau an der Seite war daneben abgebildet. Beide lächelten in die Kamera. Der Untertitel lautete:

›Großer Pornoring aufgedeckt. Auch die Ehefrau und Mosers zwanzigjährige Tochter waren mit involviert.‹

42

Acht Wochen später

Werner Halbtreu ließ seinen Gedanken freien Lauf, als er die Akte Moser/Heimgartner aus dem Stapel holte. Er dachte an den Tag vor acht Wochen und stieß einen Seufzer aus. Ein Selbstmord, eine Geiselnahme, vier Morde, eine Explosion und ein Karton voll mit Umschlägen, in denen Frauen auf Fotos in eindeutigen Positionen abgelichtet waren. Alles an einem einzigen Tag, das hatte damals selbst seinen scharfen Verstand überfordert. Heute würde er endlich diese Akte für immer schließen können. Das Gericht würde sein Urteil über Mosers Ehefrau fällen. Hoffentlich eines, das auch dem gerecht werden würde, was sie den Frauen angetan hatte.

Anfangs hatte alles den Anschein gehabt, dass es sich bei den Fotos nur um Druckmittel zur Erpressung handelte. Doch im Zuge der Ermittlungen kam heraus, dass jede der insgesamt sechsundvierzig Frauen unter Drogen gesetzt und etliche Male von Moser und Olaf Herwig vergewaltigt worden war. Diese Szenen wurden mittels einer Videokamera aufgenommen. Frau Moser drohte jeder Frau damit, die Fotos an die Presse und an die Angehörigen zu geben. Von den meisten wurde Schweigegeld verlangt. Mitarbeiterinnen vom Verlag waren genauso dabei wie die Doktorsgattin. Die Videos wurden in einschlägigen Foren unter der Hand angeboten. Die Perversen, die sich diese Filme kauften, zahlten Unsummen dafür.

»Darf ich dich kurz stören?«, fragte Winter, der noch im Türrahmen stand.

Halbtreu winkte ihn zu seinem Schreibtisch, ohne den Blick von den Unterlagen zu nehmen.

»Ich hab gerade die Nachricht vom Staatsanwalt bekommen, dass es ein Urteil gibt.«

Sofort schaute Halbtreu auf und unterbrach seine Gedanken. »Ja dann sag endlich. Was ist nun?«

»Mosers Ehefrau wurde wegen vierfachen Mordes verurteilt. Genauso wegen sechsundvierzigfacher Erpressung und Nötigung. Die kommt nicht mehr aus dem Gefängnis heraus.«

»Wegen vierfachen Mordes?« Halbtreu schaute Winter mit verwunderten Augen an.

»Die vier Opfer in der Villa. Die sind alle durch die Explosion gestorben.

223

Kohlenmonoxidvergiftung. Alle bis auf einen. Harald Moser starb durch den Stich ins Herz.«

Ein Lächeln huschte Halbtreu über das Gesicht, und eine Woge der Erleichterung brach über ihn herein.

»Warum lächelst du?«, fragte Winter.

»Weil nun Tochter und Mutter ihre gerechte Strafe bekommen haben. Die Tochter und ihr Freund wurden ja bereits zu elf Jahren verurteilt wegen der Überfälle auf die vier Frauen. Wovon einer, der von Frau Heimgartner, mit Todesfolge war, da das Ungeborene starb.«

Winter nickte und verließ Halbtreus Büro.

43

Sechs Monate später

Christian kam gerade aus der Dusche. Schnell schlüpfte er in seinen Lieblingsjogginganzug und öffnete die Zimmertür. Es duftete verführerisch nach Wiener Schnitzel mit Pommes. Er freute sich heute schon den ganzen Tag darauf. Es gab etwas zu feiern.

Er begab sich in die Küche und sah dort Susi mit ihrem Lebensgefährten Thomas. Susi holte gerade die Teller aus dem Schrank. Christian nahm sie ihr ab und deckte den Esstisch. Susi tippte auf die Flasche Sekt, die Thomas gerade öffnete. »Lass uns feiern. Auf dich, Christian. Heute hast du bereits ein Viertel deiner Bewährungszeit hinter dir. Den Rest schaffst du auch noch.« Sie erhob das Glas, Thomas und Christian taten es ihr gleich. Alle tranken einen Schluck.

»Ich bin froh«, sagte Christian, »dass der Richter aufgrund der ganzen Vorgeschichte Milde walten lassen und mich zu zwei Jahren Bewährung und zweitausendfünfhundert Euro verdonnert hat. Die Sitzungen bei dem Psychiater nehme ich sowieso in Anspruch. Ich merke doch selbst, dass es mir guttut.«

»Ja, er hatte auch gesehen, dass du dir schon Hilfe gesucht hast«, sagte Susi und legte ihre Hand auf Christians Oberarm. »Ich bin froh, dass du kein Mörder bist. Im ersten Moment dachte ich wirklich …«

»Oh ja, da bin ich auch froh drüber. Ich habe keine Ahnung, was zu diesem Zeitpunkt in mich gefahren ist. Ich war wie in einer anderen Welt. Gott sei Dank hat die Obduktion ergeben, dass der Fotograf noch gelebt hat zum Zeitpunkt der Explosion. Das Gute ist, dass die zwei Hexen im Knast verrotten werden. Zumindest die Mutter. Die haben das tatsächlich im großen Stil abgezogen. Und die ganzen Frauen, die bei der Verhandlung ausgesagt haben. Wahnsinn.«

»Das ist wohl wahr«, sagte Susi und stopfte sich ein Stück Wiener Schnitzel in den Mund, das sie genüsslich kaute, bevor sie weitersprach. »Da hast du recht. Aber sag mal, wie sieht es denn nun aus mit einer Wohnung für dich? Ich meine, du musst hier bei uns nicht ausziehen. Wir sind froh, dich bei uns zu haben. Anfangs war Thomas schon skeptisch, als ich vorgeschlagen habe, eine WG mit dir zu machen. Aber er sah ganz schnell ein, dass du uns brauchst und nicht mehr bei deiner Schwiegermutter wohnen kannst, weil dich doch jeder Millimeter in dieser Wohnung an Corinne erinnert. Wie geht es Klara denn? Ich hatte die letzten Tage kaum Zeit, mein neuer Job bei der *Österreich* fordert mich schon sehr.«

»Klara geht es gut. Sie möchte gerne das Haus verkaufen und irgendwo leben, wo es immer warm ist. Sie spielt gerade mit dem Gedanken, eine Kreuzfahrt zu den Kanaren zu machen. Das war schon immer ihr Traum. Ich werde sie unterstützen, wo es nur geht.«

-ENDE-

Lieber Leser, liebe Leserin.

Herzlichen Dank für den Kauf dieses Buches. Sie fragen sich mit Sicherheit, warum ich dieses Thema gewählt habe. Wie Sie vielleicht wissen, bin ich gebürtige Österreicherin, und ich habe mehr als einmal erlebt, dass im österreichischen Rechtssystem viel falsch läuft. »Derjenige, der recht hat, bekommt auch recht« ist in manchen Fällen nicht so. Trotz alledem ist Selbstjustiz keine Lösung. Auch da bin ich mir sicher.

Die Grundidee der Story basiert auf einer wahren Begebenheit. Es hat mich sehr erschüttert und lässt mich nach wie vor nur den Kopf schütteln über ein solches Verhalten unseres »Freundes und Helfers«.

Die Tochter meiner Freundin war zum damaligen Zeitpunkt siebzehn Jahre alt und wurde von einem Zwanzigjährigen vergewaltigt und schlimm zugerichtet. Als meine Freundin mit ihrer Tochter dies bei der Polizei zur Anzeige brachte, meinte der Polizist trocken: »Warum hast du dich denn gewehrt und ihm nicht gleich einen geblasen, wie er es wollte? Dann wärst du nicht vergewaltigt und geschlagen worden.«

Für mich ist es wichtig, dass Sie erfahren, wie

mit einer Vergewaltigung umgegangen wird. Sicher ist dies nur ein Einzelfall, aber ist es deswegen weniger schlimm?

So wie in jedem meiner bisher erschienenen Büchern bedanke ich mich bei allen Mitwirkenden, die dieses Buch, so wie Sie es jetzt in Ihren Händen halten, überhaupt erst möglich gemacht haben:

An erster Stelle kommt mein Lieblingsmensch. Danke für deine – doch manchmal sehr grausamen – Ideen und deine Unterstützung jeglicher Art. Und auch dafür, dass du mir die notwendige Ruhe gibst, wenn ich sie brauche. Ich liebe dich.

An zweiter Stelle steht natürlich Sascha, mein absoluter Lieblingslektor. Auch dieses Mal wurde ich von dir unterstützt und nahm deine Vorschläge an (zwar nicht immer gerne, aber du überzeugst mich immer wieder). Du machst jede meiner Geschichten noch besser. Ich danke dir sehr für all deine Unterstützung.

An dritter Stelle, aber nicht weniger wichtig, kommen meine Testleserinnen Julia, Corinne,

Daggi, Birgit, Sandra, Jenny, Anja und Verena, die es wieder einmal geschafft haben, auch den kleinsten Fehler in meiner Geschichte aufzudecken. Ihr wisst es zwar schon, aber ihr seid die Besten, und ich liebe die Zusammenarbeit mit euch.

Natürlich ist auch meine Coverdesignerin Claudia nicht zu vergessen. Ich bin immer wieder aufs Neue überrascht, was für tolle Cover du zauberst. Ich danke dir sehr dafür.

Auch einen herzlichen Dank an meinen Autorenkollegen Marcus Erhardt für seine Unterstützung jeglicher Art. Egal welche Frage ich habe in Bezug auf meine Bücher, Marcus weiß immer eine Antwort darauf.

An dieser Stelle möchte ich mich auch bei allen meinen Buchbloggern bedanken für die großartige Unterstützung, die ich bei jeder Buchveröffentlichung von euch bekomme. Und natürlich auch für den Spaß, den wir gemeinsam haben.
#Miteinanderstattgegeneinander

Und auch an Sie, liebe Leserin, lieber Leser, ein

Dankeschön. Ich hoffe, es hat Ihnen Spaß gemacht und ich durfte Sie ein paar Stunden mit einer spannenden Story unterhalten. Ich freue mich, Sie in meinem nächsten Thriller (mehr wird derzeit nicht verraten), der voraussichtlich Mitte 2019 im Handel erscheint, wieder begrüßen zu dürfen.

Ihre
Drea Summer

Tu, was ich dir sage

Gran-Canaria-Thriller Band 2

Als ein Toter auf dem Parkplatz des Zoos Palmitos Park auf Gran Canaria gefunden wird, ist es vorbei mit der ungetrübten Urlaubsidylle. Die Polizei kommt zu der Erkenntnis, dass es sich um einen Selbstmord handelt. Der Tote galt bereits sieben Jahre als vermisst. Warum taucht er ausgerechnet jetzt auf? Und wo war er die ganze Zeit?

Tage später verschwindet der deutsche Urlauber Leo spurlos aus einer Diskothek in Playa del Inglés. Inspektor Carlos Muñoz Díaz ermittelt, doch bald entwickelt sich der Fall für ihn zu einer persönlichen Tragödie. Stück für Stück offenbart sich ein Abgrund unmenschlicher Abscheulichkeit.

Du bist mein Besitz

Gran-Canaria Thriller Band 3

In einer Gasse in Playa del Inglés stirbt Svens Ex-Freundin Dörte in seinen Armen an einer Stichverletzung. Sven flieht Hals über Kopf, da er befürchtet, man könne ihm aufgrund seiner düsteren Vergangenheit die Schuld an Dörtes Tod geben. Die Prostituierte Aurelia, die in einem Bordell gegen ihren Willen festgehalten wird, vermisst ihre Freundin Malia, die seit Tagen verschwunden ist. Sie begibt sich auf eine gefährliche Suche.

Kurz darauf tauchen zwei weitere Leichen auf. Handelt es sich dabei um die Verbrechen eines Serientäters? Hat Sven doch etwas damit zu tun? Und wo hält er sich versteckt?

Inspektor Carlos Muñoz Díaz ermittelt bereits in seinem dritten Fall mit seinem Kollegen Cristiano und seiner Verlobten Sarah.

Dein Tod ist mein Freund

Einzelband

– Der Tod ist mein Freund.
   Ich brauche ihn, um zu überleben. –

Helga und Frank Körner erfüllen sich endlich den langersehnten Wunsch vom eigenen Haus und ziehen von Deutschland in die Steiermark. Allerdings wirft das Schicksal bereits am Abend ihrer Ankunft erste schwarze Schatten. Das Gefühl, beobachtet zu werden, ist nur der Anfang eines seelischen Martyriums. Helga werden mysteriöse Botschaften zugespielt, und die Nachbarn meiden das Ehepaar wie Aussätzige. Nach und nach zieht das Grauen in ihren Alltag ein, sie fühlen sich ihres Lebens nicht mehr sicher. Alle Spuren führen zu dem Haus am Waldrand, in dem vor fünfzehn Jahren ein schreckliches Verbrechen verübt wurde.

Doch niemand glaubt ihnen, bis es zu spät ist ...

ABgehackt

Team Gran Canaria Band 1

Ein brutaler Serienmörder sucht die Urlaubsinsel Gran Canaria heim. Binnen kürzester Zeit werden die Leichen eines Obdachlosen und einer Fitnesstrainerin aufgefunden. Beide sind auf furchtbare Art und Weise verstümmelt worden. Die Ermittler der Polizei stehen vor einem Rätsel. Gibt es eine Verbindung zwischen den Opfern? Wo wird der Täter als Nächstes zuschlagen?

Unterdessen werden Sven und Jenny, seit Kurzem als Privatdetektive tätig, von einem nahen Verwandten eines der Opfer beauftragt, ebenfalls nach dem Mörder zu suchen. Doch je tiefer sie graben, umso mehr bringen sich die beiden selbst in tödliche Gefahr.